深夜前的
五分鐘

真 夜 中 五 分 前

side-B

本多孝好

1

我和對方約在居酒屋見面。當天是發薪後的星期五，店裡擠滿了客人。

認識的女店員似乎以眼角的餘光發現我站在店門口不知所措。她微笑地走向門口。

「一位嗎？」

「兩個人，另一個人等一下過來。還有位子嗎？」

「現在只剩下吧臺的座位了。」對方回頭瞄了一眼店裡對我說。

「沒關係。」

我脫下外套，坐在吧臺角落的位置。站在吧臺後方的廚師也是熟悉的臉孔，我先向對方點了啤酒。看了看時鐘，發現離約好的八點還有一些時間。我把外套塞進吧臺下的置物架，無意識地伸手摸向胸口。伸手之後，我對自己露出苦笑。明明已經不繫領帶一年多，每次想放鬆的時候，手還是會伸向不存在的領帶。

「在等女朋友嗎？」

剛剛的女店員一邊揶揄我，一邊遞給我濕巾。

「可惜是男的。」我回答。

周末跟男人見面？真可憐。

對方笑著走了。

我一邊用濕巾擦手，一邊漠然地思考等待的對象。最後一次見面是去年五月，所以已經是一年半以前的事情了。那時候我下定決心，再也不要和對方見面。他不是壞人。我第一次見面的時候就這麼覺得，之後相處的半年也從未改變過想法。如果我們繼續連絡，應該可以成為親近的朋友。但是如果繼續與對方連絡，我一定會見到對方的妻子。見到對方的妻子，就會讓我想起她。我就是無法忍耐這件事情。

我心想已經一年半了。那之後已經一年半了。

無論我如何勉強自己，還是沒用。我就是無法覺得已經過了一年半。已經一年半了。我越是告訴自己已經過了一年半，越是覺得只過了一年半，心中浮現還想依賴她幻影的自己。

一年半以前。

那天我一反往常打開電視，或許不是偶然。那時候是凌晨兩點。我在自家公寓，坐在桌前，製作第二天開會要用的資料。小金井小姐就像證明謠言一樣，開春時離開公司。新來的課長是個要求部下所有事情都必須以紙本報告的人。

「哎呀，原來喜歡紙啊，真像山羊。」

澤野先生一說出口，結果新來的課長不到一個月，背地裡就被叫做八木①課長了。八木課長會讓部下輪流擔任製作會議的議長，擔任

①八木與山羊的日文發音相同。

議長的人就算不是自己負責的工作，也要事先準備議題的資料。在一般公司的一般部門當中，這種作法也許才是正常。但我們原本是小金井小姐的部下，只會覺得增加了更多麻煩的雜事。

我嘆了一口氣，疲倦的雙眼離開電腦螢幕。依照現在的速度，大概要黎明時分才能睡了。我望向無聲的電視螢幕，畫面中是年輕的搞笑藝人組合在用圖卡說著什麼。圖卡上是王貞治的照片。我漠然地思索對方是在說什麼。對方和我年紀差不多。我還記得當初自己心想：人生也有當搞笑藝人的選項。想像自己在電視節目中搞笑的樣子，然後對想像這種事情的自己苦笑。

「我在逃避現實。」

我也還記得當時自己喃喃自語了這句話。我把視線從電視機拉回電腦螢幕時，電視螢幕上方出現新聞快報的跑馬燈。我不自覺地注意新聞快報。新聞快報的字樣閃爍了兩次之後，報導西班牙發生火車脫軌的事件。死傷人數似乎很多，不清楚是意外還是事件，也不清楚乘客當中是否有日本人。

我心中湧起討厭的預感，卻又一笑置之。西班牙的火車脫軌，而女朋友正巧在西班牙。好久沒有和妹妹兩個人旅行的女友利用特休加上黃金周，取得長假和新婚的妹妹一同出門旅行。這也沒什麼，不過就是這麼一回事。她搭上那班火車的機率有多高呢？了不起一個百分比吧。事件發生在塞維亞②附近。她預定要去塞維亞，好像說是要去看塞維亞主教座堂③。對，她要去看主教座堂。那就算一個百分比吧。她也說過租車很可怕，所以要搭火車移動。她的確如此說過，所以就算三個百分比吧？

我心想：三個百分比。這下子笑不出來了。我離開電腦，拿起電

② Sevilla，位於西班牙南部，是安達魯西亞的一個大城，不僅為佛朗明哥舞發源地，更是集藝術、文化、美食與金融中心於一的繁榮之所。
③ Catedral de Santa María de la Sede，是世界最大的哥德式主教座堂之一，也是世界第三大教堂，於一九八七年被列為世界文化遺產。

視遙控器。一邊轉換頻道，一邊調高音量。可是沒有任何一臺報導火車脫軌的新聞。長髮男子一邊彈吉他，一邊唱歌；身著比基尼的女孩在跳繩；搞笑藝人改成講長島茂雄；詹姆士．龐德潛入俄國。

不可能發生那種事情。我心想：幹嘛要慌張呢？同時我也心想大概曾經有許多人體驗過這種瞬間吧。看到新聞快報，心想應該不會吧。看到之後的報導出現與自己的孩子、雙親、妻子或是丈夫相同的名字，又心想應該不可能吧。那之後呢？相關人士會打電話來通知吧？但是就連通知的電話也難以相信。那些人究竟是什麼時候接受現實的呢？

我繼續轉換頻道。彈吉他的男人還是在唱歌，穿泳裝的女孩絆到腳跌倒，搞笑藝人因為自己說的話而笑，詹姆士．龐德正在耍槍。

「好久不見。」

一直到他站在背後向我打招呼，我都沒發現他已經來了。我雖然在想事情，眼角的餘光還是留意進來的客人。儘管如此，我還是沒有認出他來。我聽到熟悉的聲音而回頭，一看到他便嚥下原本即將脫口而出的輕鬆招呼。

「你怎麼了？」

我忍不住起身，握住對方的手肘。他的改變大到令我如此吃驚。

「不需要那麼大驚小怪吧？我不過是瘦了一點。」

尾崎先生笑著拍我的肩膀，朝我身邊的位子坐下。尾崎先生瘦的程度可不只一點，而是非常多。他身上原本應該是訂做的灰色西裝，現在已經變得寬鬆。乾燥的肌膚呈現不健康的淺黑色。相較於一年半之前在喪禮上看到的他，簡直判若兩人。

「你生病了嗎？」我重新坐好，向尾崎先生詢問。

「不好意思，突然約你出來。」

尾崎先生沒有直接回答我的問題，而是向吧臺點了啤酒之後如此回答我。

「沒關係。」我說。「反正我一個人也會來這家店，喝喝啤酒，吃下酒菜代替晚餐，然後就是回家睡覺而已。有人願意陪我來，我還比較高興。比起我——」

店員從吧臺後方遞來啤酒，尾崎先生拿起啤酒催促我。我也只好拿起啤酒，沒來由地和對方乾杯。

「你看起來不錯。」

尾崎先生喝了約莫是潤濕嘴唇程度的啤酒之後開口。

「嗯，還好。」我點點頭。「還可以。」

「我打電話去公司找你，沒給你添麻煩吧？」

「說是公司，平常只有我和一個打工的而已。我就算講一個小時的私人電話，也沒人會罵我。不過如果是女生打來的電話，打工的可能會偷聽就是了。」

「女生？」尾崎先生說。「你交了女朋友嗎？」

尾崎先生巧妙地把奇怪的話題化為笑話，我也跟著笑了。

「可惜並沒有。」我說。「我最近發現自己比想像中更不受異性歡迎。」

「工作呢？你換工作多久了？」

「一年左右，工作也還可以。」

「我之前在雜誌上看到你的名字，看來你很活躍，我很高興。」

「啊，嗯。」我露出苦笑。「那是宣傳用的採訪。對方一直拜託我，只好讓對方提到我的名字。」

「原來是這樣。」

尾崎先生點點頭，又拿起啤酒杯。

我心想應該是很長的故事。尾崎先生不是講話習慣兜圈子的人。他刻意打電話來公司找我出來，卻又不提正事。事情應該很棘手複雜。

「紫小姐好嗎？好久沒見到她了。」

我本來是配合尾崎先生，才問這句話。看來尾崎先生的正事就是紫小姐。他的臉色黯淡了下來。

「怎麼了嗎？」

我開口詢問，心想紫小姐該不會是病了。尾崎先生之所以如此疲倦，正是因為看護紫小姐的緣故。

「沒事。」

但是尾崎先生卻搖搖頭。接下來，彷彿想要說服自己般喃喃自語。

「對，沒事。」

看來不是品嘗美食的氣氛。我叫住經過的女店員，隨意點了幾道我記得的料理。尾崎先生在我點菜的時候，緩緩地轉動脖子和搓揉眉心。這個動作非常老態。我點完菜之後，對方又繼續揉了一會兒眉心，最後終於重新轉向我。

「有件事情想拜託你。」

「是。」

尾崎先生說完之後，再度陷入沉默，開了一次口卻又說不出話。

他拿起啤酒杯，像是給軋軋作響的機械上油一樣喝下啤酒。

我心想：是錢的問題嗎？是因為投資什麼投機的金融商品而欠錢嗎？還是桃色糾紛呢？本來打算玩一玩，結果對方把事情鬧大了嗎？

無論是哪一種問題，都不符合尾崎先生的形象。首先，無論是想解決哪一種問題，尾崎先生都擁有比找我更加有效的人際關係。我想不出對方為何找我，只好保持沉默，等待對方再次開口。尾崎先生的手伸向啤酒杯，但是舉到嘴邊之前又放回桌上。他整個人轉身面對我，卻垂著眼睛，好像對我的膝蓋拜託一樣開口。

「你願意見紫一面嗎？」

我不知道該如何回答。我本來想對他說：你應該明白這件事情對我有多麼殘忍。但是對方明知如此，依舊希望我見紫一面。於是我決定詢問見面的理由。但是在我開口之前，對方又緩緩地重新發問。

「不，正確來說，我希望你見我的妻子，也就是和我住在一起的女子一面。」

我不明白對方的意圖。尾崎先生的妻子，也就是和尾崎先生住在一起的女子，當然是紫。如果那不是紫的話……

尾崎先生似乎發現我的思緒，凝視我的雙眸。

「怎麼可能。」我說。

「那個時候……」尾崎先生說。

交換了嗎？

「怎麼可能。」我又說了一次。

「那個時候本人說自己是紫，是我的妻子。沒人確認，也沒人能確認。」

「所以她是……」

霞嗎？

「我和她們的雙親一同前往西班牙是意外發生兩天之後。那時候她全身重傷，還為了治療而剪去頭髮。老實說，不看髮型的話，我根本無法分辨紫和霞小姐。」

你難道不是嗎？

尾崎先生的雙眼露出這種表情。我當下不知該如何回應。當我發現自己心中湧起的不快是憤怒時，有些迷惘。然而思考情緒湧現的理由，我發現自己的確有生氣的理由。我緩緩地開口，確認自己怒氣的來源。

「意外生還者是霞，但是霞假裝成紫小姐。霞放棄了當我女友的人生，選擇和你結婚的紫小姐的人生。你的意思是這樣嗎？」

尾崎先生沒有開口。在我的丹田之中，命名為憤怒的不快慢慢地越來越熱。

「別開玩笑了，為什麼霞必須做那種事？我們那時候感情很好，我愛著霞，霞也愛著我。」

其實尾崎先生很輕易便能反駁我。

是嗎？

只要這麼一句話就夠了。

是嗎？霞小姐真的愛過你嗎？

只要這麼說就夠了。世上沒有人能夠知道另一個人的心情，絕對不可能知道。但是對方並沒有問我，而是低著頭開口。

「對不起，我知道自己說了很過分的話。但是我已經受不了了，我已經受不了懷疑對方究竟是不是妻子的生活。」

尾崎先生對我投以求救的眼神。

「求求你，見一下就好了。只要你對我一笑置之，告訴我那是紫，不是霞小姐就好了。只要你這麼做，我就能拋下懷疑。求求你，這件事情只有你才做得到。求求你。」

尾崎先生朝我深深一鞠躬。我的視線離開對方，嚥下一口啤酒。雖然丹田之中火熱的情緒並未鎮定，至少腦袋稍微冷靜了下來。尾崎先生會懷疑的話，一定有什麼理由吧？

「發生了什麼事嗎？」

我藉由深呼吸壓抑丹田之中火熱的情緒，開口詢問尾崎先生。

「什麼事也沒有。」尾崎先生回答我。

「怎麼可能什麼事也沒有？」我盡力溫柔地繼續詢問。

「還是勸你結婚的惡魔又停在你的肩膀上，在你的耳邊呢喃呢？

對你說那不是你的妻子嗎？」

尾崎先生大概想起當時的情境，臉上露出些許柔和的神色。

「我們以前也講過這種事呢。」

兩年前。我的腦海中浮現晴朗秋日的網球場，回想起為了無法成就的單戀而笨拙掙扎的霞，還有她的笑容、擁抱時頭髮的氣味、接吻時嘴脣的觸感和肌膚的溫度。

她還活著？

怎麼可能？

「你們吵架了嗎？」我說。「結婚後一定會經常突然覺得：那傢伙也有這一面嗎？或是怎麼會這樣？你會懷疑不過就是因為這些事吧。」

尾崎先生的表情再度僵硬，緩緩地搖頭。

「不是，不是這種事。」

「那是什麼事？」

面對我的疑問，尾崎先生抿住嘴巴。他沉默了很久，才終於開口。

「大概是兩個月之前，我們星期六一起去銀座看電影，然後在街上閒晃，經過結婚前去過的一家餐廳。那家餐廳很差勁。大概是出了什麼差錯，明明預約了卻讓我們等很久，位子在後方廁所附近這種不太好的地點，品酒師喜歡擺架子說教，餐點的味道也不怎樣，只有價錢很了不得。」

「難道是紫小姐不記得那家店的事情？」

尾崎先生搖頭：不是這樣。

「我說我們去過那家店吧，她就很詳細地說了那天的事情。所以我覺得有點奇怪。如果她只是皺起眉頭說那家店真是太過分了，我大概不會覺得奇怪。這不過就是普通的對話吧？我們擁有相同的經驗，不需要特別確認，當天的氣氛也不是要討論店家。看著特別說明細節的她，我突然想到一件事。」

尾崎先生繼續說。

「這個人不是記得當時的事情，只是知道而已。」

尾崎先生看著我，似乎在試探我的反應。從那時候起，惡魔就停在你的肩膀上嗎？隨時在你耳邊呢喃：那個人真的是你的妻子嗎？

「你想太多了。」我說。

「搞不好。」尾崎先生點點頭。

「就算是雙胞胎，兩個成人也不可能交換人格。畢竟她們是具備獨立人格的兩個人。」

「是啊。」尾崎先生點點頭，像是說服自己一樣，又說了一次，「就是啊。」

尾崎先生的呢喃聽起來也像是：是嗎？真的是嗎？

人格。我自己說完之後又開始思索：人格真的是那麼明確的存在嗎？那麼我的人格呢？我的人格有了不起到沒有人能取代嗎？有獨特到沒有人可以模仿嗎？假如我有雙胞胎兄弟的話。

紫小姐和霞發生意外的時候，尾崎先生和紫小姐才結婚兩個多月。比起尾崎先生，霞和紫小姐一起生活的時間更長。如果霞小心翼翼，使出全力欺騙尾崎先生的話，真的騙不過去嗎？

「你想太多了。」我又說了一次。

「嗯。」尾崎先生點點頭。

店員端來我點的煎蛋、烤魚和燉蔬菜等餐點，我們因為用餐而暫時沉默。

「先不管紫小姐的事情。」

我分開免洗筷，對尾崎先生說。

「下次我去你家玩吧。」

尾崎先生抬起頭來。

「我還沒去過你家，招待我一次吧。」

「啊，嗯，我當然歡迎你，不過……」

尾崎先生陷入沉默，放下原本拿起的筷子，又重新轉向我。

「對不起，我沒有考慮你的心情就隨便開口。請你忘了剛剛那些話。對啊，跟你談過之後，我才明白自己剛剛說的話有多蠢。所以請你不要在意。」

尾崎先生朝我點頭道歉：真是對不起。

「沒關係，我也不過是——」

我吃了一口煎蛋，用眼神示意尾崎先生用餐。

「最近開始想和其他人說說霞的事情。」

我面對拿起筷子的尾崎先生繼續說。

「為了讓一切成為過去，我也應該這麼做。快到紫小姐生日了吧？」

「啊，嗯，是啊，的確是。」

「那麼就當作我去慶生，我會帶蛋糕去的。」

尾崎先生思索了一會兒，終於深深地嘆了一口氣，向我低頭致謝。

「謝謝你幫忙。」

尾崎先生和我一邊談論工作的事情，一邊喝點小酒，走出店家之後道別。

霞還活著。

我嘗試思考這個可能性。假設霞還活著，我應該高興吧。但是，霞卻選了尾崎先生而非我。就算壓抑自己，改變名字也要選擇尾崎先生。想到這裡，我開始覺得思索這件事情本身很空虛。當我和尾崎先生道別，讓夜風冷靜我的頭腦之後，覺得這一切果然只是我的妄想。

搭上近乎最後一班的電車，回到居住的公寓。我家和霞還活著的時候沒有任何改變，衣櫃裡依舊放著當初在我家過夜時更換的衣物，讀到一半的文庫本也仍舊放在書架上。

我從書架拿起那本文庫本，取出夾在裡面的明信片。那是意外發生後一星期寄來的明信片。從明信片上的日期看來，霞是在寄出明信片兩天之後發生意外。明信片的照片是從遙遠的丘陵俯視古老的街道，背後除了第一次品嘗的料理和炫目的陽光之外，還寫了以下的話：

一兩百年前建造的石材建築以理所當然的表情俯視我。身邊充斥比自己壽命長久的事物，心情也許會變得更加寬大。我覺得自己很渺小。

霞當初應該打算寫到這裡吧。她的文字填滿了寫文章的部分。最後在靠近明信片角落的地方，以小字加上一句話。

「如果兩個人一起來的話，也許我會喜歡上這裡吧？」

我把明信片翻過來，凝視照片中的街道。思索霞獨自佇立在永恆不變的異國風景中的模樣，覺得她正在小巷的某處或是無數石材建築中的一棟建築裡，等待我去迎接她。

「想太多了。」

我自言自語之後，又把明信片夾回文庫本，放回書架上。然後去沐浴淨身，好消除殘存的酒精氣味。

第二天，尾崎先生連絡了我。我拿出記事本，在下周的星期六欄位中寫下「尾崎夫妻」。

野毛先生總是突然造訪，有時候是早上，有時候是中午，有時候則是傍晚。他來也沒什麼目的，只是來到辦公室，和我閒聊之後離開。

有時候一天兩次，有時候則是一星期以上也不露面。總而言之就是隨心所欲。他在名義上是這間公司的社長，資金幾乎也都是由他買單。我身為唯一的員工，並沒有資格抱怨。

「怎樣？」

今天野毛先生來似乎也沒有目的。向我打過招呼之後，便坐在接待客人用的沙發上。這套沙發原本放在他辦公室裡，為了汰舊換新而拿到位於三層樓下方的這間辦公室。

「您不覺得那裡很溫暖嗎？」

我一邊離開自己的辦公桌，起身走向野毛先生一邊開口詢問。

「為什麼？」

野毛先生稍微抬起臀部，摸摸自己剛剛坐過的地方。

「我剛剛睡在那裡。」

「什麼啊。」

野毛先生笑著坐下，我也朝他對面坐下。

「你很閒嗎？」

「沒關係，請您不要在意。把打發時間當作工作就不覺得辛苦了。」

「白痴，工作啦！」

野毛先生是在一年之前打電話去上一間公司給我。當時正值秋天。我一接起電話，野毛先生便劈頭問我的薪水。聽到回答之後，他思索了一會兒，說出一個近乎兩倍的金額。我不懂對方發言的用意，於是開口反問：「這是什麼意思？」

「叫你來沙漠賣毛毯啦。」野毛先生回答。「既然是你提議的，就要負責。」

「這是什麼意思？」我又反問一次。

「我要成立新的公司，來我公司吧。」

八木課長連形式上的慰留也沒說，乾脆地接受我的辭呈，一副只要辭呈是紙本就好的態度。我想像如果是小金井小姐會怎麼做，也許還是不會慰留我吧。

「真奇怪，就連你這種人辭了，也會覺得有點寂寞。」

只有澤野先生對我這麼說。

「謝謝你的安慰。」我說。

下一個禮拜，我便開始在位於野毛先生公司三層樓下方的辦公室工作。等到我進入公司仔細詢問後才知道，不是在三層樓下方的辦公室成立新公司，而是為了填補三層樓下方的空辦公室而成立了新公司。

「這裡原本是一家做網路廣告的公司，老闆暫時去美國一趟，所以把公司收了起來。但是那傢伙似乎想保留這個空間，向我商量是否可以用半價租給他。那時候我想起你說的話，於是決定成立一家在沙漠賣毛毯的公司。我不期待賺大錢，你就放輕鬆做吧。」

「如果那個老闆從美國回來，這家公司要怎麼辦？」

野毛先生瞬間露出驚訝的表情，似乎聽不懂問題的意思。最後他終於說了聲「啊」之後點點頭。

「員工只有你一個人，不用擔心。需要人手的話，就僱個打工的吧。」

對我而言，發問是由於擔心唯一一名員工之後的處境。之於野毛先生，好像完全不成問題。我本來想向野毛先生抱怨，想想也沒有到需要抱怨的地步，便又閉上嘴巴。如果沒有這件事情，哪有人會以破天荒的薪水僱用我呢？總而言之，這家公司是有錢人的玩具。既然如此，我就在這裡玩一陣子吧。反正我對於上一家公司沒有留戀。就算野毛先生沒打給我，過一陣子我也是會辭職。想到這裡，便覺得來這家公司比拿失業救濟金好多了。

打工男孩在我和野毛先生面前放下咖啡。對於他而言，這應該是難得的工作。其實這裡並沒有工作需要僱用其他人手。我只是上個月星期一因為太閒，於是思考了計時人員的徵人啟事，心想也許哪天用得到。結果野毛先生看到我放在桌上的便條紙，便在我不知情的情況下刊登了徵人啟事。野毛先生建議我：既然都刊登了徵人啟事就僱用個打工的吧。於是我明明知道沒有工作，還是錄取了第一個來應徵的二十歲男孩。他頂著一頭咖啡色的頭髮，鼻子上開了鼻環。

雖然沒有工作，他放下給我們的咖啡之後，便回到自己的位置上，一邊時時偷瞄我們一邊不知道在寫些什麼。

「你看一下。」

野毛先生喝了一口咖啡，從口袋裡掏出一張便條紙。

「新工作，澀谷一家酒吧找我們。」

雖然從外表看不出來，不過今天好像是為了正事來找我。也許對於野毛先生而言，這間公司的工作根本稱不上正事。便條紙上寫的應該是那家店的地址和電話。

「是對方來找我們嗎？」

「對，好像是那家老闆聽到我們的口碑，透過人脈，直接找到我。你去見對方一面吧。」

「是。」

「才一年就有口碑，你真是了不得。」

野毛先生的誇獎聽起來像諷刺。

我的工作是改造業績不佳的餐廳。在不變更老闆的情況下，提出新的經營概念，基於概念重新裝潢店家。如果有需要，會應徵新的工作人員，或是從其他店家挖角。所有資金都由我們公司包辦，再從營業額中抽取一定比例的顧問費用。考量初期投資的金額和回收的不確定機率，這項工作的確很難稱得上是生意。幸好目前為止的四家店都進行得很順利。第一件工作是位於赤坂的餐廳，幾乎已經回收初期投資的金額，下個月或下下個月就會產生利潤。其他三家店也以相同的速度提升利潤。

「你這個人最特別的地方就在於明知是沒用的東西，卻還是能賣。一般人不會這樣做。如果要在沙漠賣毛毯，總是會想些正當的理由。例如用了毛毯可以遮太陽之類的。但是大家卻不明白，其實客人就是會去買不需要的東西；要不然就是因為自尊心作祟，明白這點卻又做不到，想辦法擺出一副自己賣的東西是好貨的樣子。你很熱吧？買了這條毛毯會更熱喔。這種話是很難說出口的。」

「您這樣說，我很難覺得您在讚美我。」

「我沒有讚美你，但是很敬佩。」野毛先生一如往常一邊撫摸手錶一邊說。「我是認真的。」

野毛先生之後和我閒聊一會兒，又回到樓上的公司。接下來換打工男孩起身。

「社長幾歲啊？」

他瞄了一眼野毛先生拿給我的便條紙開口。

「三十三，不，應該是四。」我說。

「咦？才三十幾歲嗎？」

他發出驚訝的聲音。

「我以為他已經超過四十五歲了。」

第一次見面的時候，我也以為對方大我十歲以上。再次這麼一說，現在的野毛先生看起來比那時候老得更多了。

「社長很有錢嗎？」

他一邊收拾野毛先生喝過的咖啡杯，一邊詢問。野毛先生的公司位於三層樓之上的辦公室。儘管IT企業的興盛已經告一段落，他的公司依舊維持高額的業績。現在不僅是業界，名聲還擴張至外界。

「有錢到不行。」我點點頭。

「可是他看起來似乎不是很幸福。」

面對認真說出這句話的他，我不禁露出苦笑。他說他的夢想是成為職業的漫畫家。我在面試的時候問他要畫什麼樣的漫畫，他得意地告訴我要畫讓讀者看了覺得幸福的漫畫。

「單身嗎？」

「啊，嗯，應該。」我說。「沒聽說過他結婚了。」

雖然沒聽說過，但是野毛先生也有可能已經結婚了。如果有機會可能會聊到，沒機會也不會提及。我覺得之於野毛先生，結婚就只有這一點意義。

「社長老家在哪裡？」

「北陸地區的某個溫泉鄉。」

回答之後，我回想起那個溫泉鄉。仔細一想，認識野毛先生也是因為那個溫泉鄉。那時候我根本沒想過，野毛先生有天會成為我的僱主。如果沒有認識野毛先生，我現在在做什麼呢？大概還在那家公司吧？

北陸地區的某個溫泉鄉嗎？他呢喃之後，抓抓鼻環。

「為什麼要問這種事？」我開口問他。

「啊，沒有啦。」他笑著說。「看到人的時候我就會想，如果這個人是漫畫的主角，可以畫出什麼漫畫。一般說來，我都想得出來。例如這個人是武打漫畫，那個人是戀愛漫畫，那個人是熱血運動漫畫。可是我看到社長卻想不出來，連一點故事也冒不出來，所以有點想採訪。」

收完杯子之後，他走回自己桌上，拿起剛剛用過的紙給我看。上面用鉛筆畫了三個野毛先生，一個是素描的野毛先生，一個是誇大特徵的野毛先生，另一個是化身為動物的野毛先生。但是不管哪一張圖，一看就知道是野毛先生，非常厲害。

「你真會畫。」我笑了。「這隻狸比野毛先生更像野毛先生。」

「對吧。」

他害羞地摸摸自己咖啡色的頭髮，拿起我還給他的紙張。我從沙發走回自己的位置。

「無厘頭的搞笑漫畫如何？」

我一邊等待今天首次按下電源開關的電腦開機，一邊對男孩說。

「咦？」

「如果要讓野毛先生當漫畫主角的話。」

「啊，這個點子不錯。原本住在北陸地區某個溫泉鄉的老狸變成人類，跑來東京成立IT企業，成為有錢人。」

他一邊說這個點子還不錯，一邊走回自己的座位。

說完之後，他又埋首於漫畫。我則是利用開機的電腦，調查紙條上寫的地址周邊環境。

那家店距離車站有一段距離。不但要走過人煙稀少的道路，還得再轉兩次彎才會到達。明明才下午六點，附近就已經沒什麼行人路過。四周全是不時髦也不漂亮的一般民宅。周遭有許多空地與停車場，應該是當初土地上漲的遺跡。雖然事前調查時就已經有心理準備，實際目睹時還是無法想像老闆當初為何會想在這種地點開酒吧。然而在我眼裡，酒吧的立地並不差。如果是車站前的好地段或是靠近車站的店面，本來就不需要找我們公司。重新打造那種店應該有正常的程序，而我並不知道那些程序。

我站在酒吧前面，一邊凝視黯沉的木頭看板，一邊心想應該要拆掉看板。外觀最好乍看之下看不出來是酒吧，當然也不能公開電話號碼。不經意地提供雜誌與免費報紙資訊，卻不接受採訪。價格不菲，然而也不能太貴。一次的消費大概相當於三十幾歲的公司職員當月本來要花在其他餐廳的費用。接下來只要準備好酒類，打點好裝潢，客人就會登門。澀谷某處有一間澈底保密的祕密酒吧。謠言透過眾口悠悠，開始流傳，就會有人想去這種店。有人喜歡帶人去這種店，也有人希望被帶去那種店。這種人的人數比正常人想像得多，只要鎖定這種客層便足以讓一家酒吧得以繼續經營和獲得利潤。問題是謠言開始生效的時機。稍微一想，這也不是很困難的事。就算這家店賠上十年，野毛先生也不會有半句怨言。

我打開門，走進酒吧，環視內部。這家酒吧的缺點就在於不差。沉穩的酒吧當中擺了幾組有點老舊卻高雅的沙發和桌子，木頭吧臺上等距擺放點燃的蠟燭。吧臺角落的花瓶還插了清新的白色花朵。天花板上的小吊燈帶來淡淡的光影。時髦卻不做作，店裡充斥初次造訪的客人也能馬上放鬆的親密氣氛。這種氣氛已經經年累月，滲透進入整家酒吧。光看一眼就能明白老闆是憑良心經營。如果立地是在車站前，就不用擔心沒客人。可惜良心是要在人看得到的地方才賣得出去，在沒人看的地方展示良心也沒用。

站在吧臺後方的酒保和坐在吧臺椅子上的唯一一名客人一起望向我。客人招呼我並且確認我的名字。聲音聽起來是一小時前我在公司講電話的對象。看來他並非客人，而是這家酒吧的老闆。我點點頭，走近他，向他遞出名片。對方起身迎接我，拿了名片之後讓我坐在旁邊的椅子上，自己也坐了下來。

「這真是一家好店。」

對方的年紀應該比我父親還要年長一個世代。我面對白髮蒼蒼的矮小男性說出這句話。他的臉上有好幾條皺紋，彷彿傷痕一般深。與其說是酒吧老闆，更像是經歷可怕戰爭的退役軍人。

「謝謝。」老闆說。

「這家店經營很久了嗎？」

「已經快要四十年了。」

老闆說完之後，望向年紀相仿的酒保。對方與同世代的男性相比，算是高個子。髮鬢殘留些許白髮的酒保沉穩地微笑點頭回應。他身著格子背心，脖子上繫了蝴蝶領結，看起來像是從某個遺跡挖掘出來的骨董。

「四十年。」我發出呻吟。「四十年嗎？」

「以前這附近還住了許多人，我們的客人一直是這附近的居民。但是現在呢。」

老闆說完之後，露出有些寂寞的笑容。所以這家酒吧是客人與店員的關係還很緊密的時代的遺跡囉？當時的客人和店員都還記得彼此的長相、姓名和個性，互相尊重。對我而言，這種事情就跟奈良時代或是江戶時代一樣古老。與其來找我們公司幫忙，不如去申請國寶或是世界遺產比較好。

我拿出帶來的幾份資料，大略向對方說明至今的業績。對方知道的是第二家在西麻布的紅酒吧。他從一位客人口中聽到紅酒吧的事情，請客人向紅酒吧老闆詢問野毛先生的連絡方式，自己打電話給野毛先生。

「所以您不知道那家店，也不知道那家店的現況？」

「那位客人說酒吧改變了很多。以前只是一家沉穩的酒吧，現在的氣氛非常休閒，入門的門檻也變低了。從此之後，酒吧變得門庭若市。」

老闆用字雖然很小心，我卻能想像那位客人不見得能接受酒吧的改變。招來新客人表示有時會趕跑老客人。正確說來，大部分的時候都是如此。為求謹慎，我再次確認。

「請我們改造，可能很難維持現狀。」

「這也是沒辦法的事。」老闆說。「我已經有覺悟了。」

有覺悟了？

我突然起了壞心眼。不，應該說我看到這家酒吧第一眼，就不喜歡這裡。這間酒吧，或是說這種店存在的事實都不喜歡。

「我明白了。」我說。「過一陣子，我會帶企畫案來。」

「那就麻煩您了。」

「是。」

正當我把文件收回公事包裡時，眼前出現一個小酒杯。

「您要喝一杯嗎？」酒保手上拿了一瓶威士忌。

「啊，是，謝謝。」

酒保在杯子裡倒入威士忌。對方不是要勸誡我，更不是要阿諛我。他只是倒杯酒給我喝。儘管如此，我還是覺得酒保看穿了我的壞心眼。

我啜飲一口威士忌。瓶子的標籤放在我的視線範圍。這似乎是十五年的威士忌，口感溫和。看來酒保果然還是看出了什麼。

「這家店經營很久了嗎？」我詢問酒保。

「已經快要四十年了。」

酒保沉穩地回答我，倒了一杯水給我。

「所以您從一開始就在這家酒吧嗎？」

「是，我一直在此接受老闆的照顧。」

酒保和老闆互相凝視，相視微笑。當下可以感受到他們花了四十年所栽培的深切信賴。

「酒吧是您一個人打理嗎？」

「不。」酒保說完之後望向老闆。

「以前還有一名女店員。」老闆說完之後，並沒有多做解釋。

「喔。」

我點點頭，看來應該是為了節省人事經費而辭退對方。吧臺角落插的鮮花大概就是對方遺留的痕跡。這麼一想，放置蠟燭的玻璃托盤和沙發套都令人覺得應該是女性的選擇。這點也對營造酒吧的氣氛有所貢獻。

「你做這個工作很久了嗎？」

老闆開口問我。酒保藉由把旁邊的玻璃杯收到架子上，和我們拉開距離。懂得和客人保持適當的距離，還具備操縱距離的柔軟應對能力。真是優秀的酒保。

「我才做了一年。其實這家店是我第五個案子。」

「可是我聽說你的評價很好。」

「我很幸運，到目前為止的四家店都很順利。一切都是偶然。雖然我不應該在下一個業主面前說這種話。」

「一兩間是運氣，連第四間都很順利就代表你有實力，我很期待你喔。」

「我會盡力的。」

雖然我回答得很含蓄，但是已經有成功的預感。地點怎麼看都不差，店面也怎麼看都不錯，只要清除一項原本支撐這家酒吧的要素，客人應該就會如同潮水一般湧入。至於這種場面究竟是不是老闆的期望，不在我考慮的範圍之內。這只是工作，工作不需要美學與哲學。

接下來老闆說了一會兒這一帶的往事，我則是一邊慢慢地啜飲威士忌和聆聽。對我而言，那些往事果然和江戶時代或是奈良時代的歷史沒什麼兩樣。我雖然覺得如此，卻也沒有心生感慨。趁著常客進來的時候，我和老闆約好下次見面的時間，向酒保道謝之後離開酒吧。

2

尾崎先生和紫小姐住的公寓位於私人鐵路公司通往都心的路線沿線。不需要刻意確認地圖，一出剪票口便能看到那棟公寓。車站簡直像是為了那棟公寓而設立。在住宅區中鶴立雞群的那棟公寓，好像高出同學一個頭而害羞的小學生，又好像在沙漠中不知該何去何從的年老旅人。

我透過信箱確認尾崎先生家④，看看手上的手錶，已經過了約好的三點。站在自動上鎖的自動門前。自動門的門扇不是玻璃，而是刻有幾何圖案的厚重木門。這是一扇長度和寬度都有分量的自動木門，我不明白一般公寓的入口為何有必要用到這麼巨大的自動門。門一臉「你最好現在就回去」的表情。

「但是我現在不能後退。」

我自言自語，在自動門旁邊的對講機按下尾崎先生家的號碼。

「喂。」

我以為是尾崎先生來開門，但沒人規定一定是尾崎先生來開門。

喂。

不過是一句話，便喚醒我腦中與霞相處的幾幕情景。我不禁止住為了發聲的吸氣，好不容易才吐出一口氣。對講機傳來對方的輕笑。

「好久不見。」

對講機上有個小型攝影機。

「請進，我馬上開門。」

我凝視自動門，果然這扇門不適合安裝於人類住處的入口。看起來不像分隔一般公寓的內外，而是分隔更加絕對的某種事物。

真的好嗎？

④日本住家都會在自家信箱貼上姓名。

自動門打開之前的瞬間出現確認的空白，但是門扇流露「既然你覺得好的話就進來吧」的表情，分成兩半。

我走進電梯，穿過長長的走廊，站在房門前面。在我按下對講機之前，門先從裡面打開了。雖然我一時身體僵硬，迎接我的卻是尾崎先生。他和我四目相對，露出有些尷尬的笑容。

「你終於來了。」

尾崎先生說完之後，迎接我進門。

短短的走廊盡頭是寬廣的客廳，巨大的窗戶外沒有任何遮蔽物。眼前是廣大的天空之下，並排的矮小住宅連綿不絕，一望無際。另一邊是以兩人用而言相當大的餐桌、奶油色的沙發和吧臺分隔的廚房。流理臺前方有一個背影，尾崎先生對那個背影招呼。

「紫。」

對方轉過頭來，露出滿面的笑容。

真的嗎？

我總覺得對方會開口對我說這句話，就像我坐在公營泳池的沙發上，答應她一起去百貨公司時一樣。

咦？真的嗎？

我好像真的聽見霞的聲音。但是這當然是不可能的事情。

「好久不見。」

對方走出廚房，來到我面前，筆直地望著我。

「真的好久不見。」

對方和我的距離伸手可及。一樣的聲音，一樣的眼眸，一樣的基因。這一切的存在感超越我的覺悟，讓我一下子陷入驚慌。她明明應該受了重傷，觸目所及之處卻毫無傷痕。她的髮型雖然跟霞不同，但是也跟我記憶中的她不一樣。所以在我眼裡，她只是換了髮型的霞。

「啊，這是蛋糕，生日蛋糕。雖然早了一點。」

我想不出怎麼正常地打招呼，於是拿出帶來的蛋糕。

「謝謝。」

微笑的她伸手接過蛋糕。接過蛋糕的手碰觸到我的手。我在腦海中搜尋那股觸感，回想起幾幕碰觸霞的手的景象，最後浮現的是在網球場的情景。兩人笨拙地牽手走向招待所是兩年前的秋天的事，我甚至覺得自己聞到當時秋天的氣息。湧上的情感究竟是感懷、悲傷、痛苦還是其他的情緒，我自己也不明白。在我為那份情感正式命名之前，她的手已經離開了。

「坐下吧。」她轉身背對我。

紫小姐。我遵循不知何時聽到的建議，開始在腦海中確認。紫小姐從我手上接過蛋糕，紫小姐轉身背對我，紫小姐現在把蛋糕冰到冰箱裡。霞已經化成灰，在沉重的石頭下沉睡。

「坐下吧。」

尾崎先生擔心地把手放在我肩膀上，帶我走向餐桌。他讓我坐下之後，瞄了一眼站在廚房的紫小姐之後小聲地問我。

「你沒事吧？」

我點點頭。

我想我沒事。站在那裡的是紫小姐，不是霞。沒事的。

尾崎先生拍拍我的肩膀，走向對面的位子。

紫小姐來到餐桌，手上拿著中瓶的香檳和高腳玻璃杯。

「不好意思，硬逼你幫我慶祝。」

紫小姐坐在尾崎先生身邊，尾崎先生在三個玻璃杯中倒入香檳。

我們為了下個月紫小姐二十八歲的生日而舉杯。

「也為了小霞的生日。」紫小姐舉杯說道。

「嗯。」我點點頭，我們再次舉杯。

一喝下香檳，紫小姐再度起身，拿來沙拉、起司和簡單的前菜。

「對了，」紫小姐一邊為尾崎先生和我分沙拉，一邊對我說：「你有什麼藉口想說嗎？長久以來無視於我們的藉口。」

「因為覺得心靈會崩解。」我說。「見到妳就會讓我想起霞。」

「今天來見我們表示你已經沒問題了嗎？」

「與其說我沒問題，不如說差不多該讓自己沒問題了。」

我接下分好沙拉的盤子說。

「可以這麼想也許就表示我已經沒問題了。」

「是啊，太好了。」

紫小姐對我微笑。

「我好幾次都想跟你連絡，可是想到你還沒整理好心情就忍住了。」

「對不起。」我說。

「我可以跟你說小霞在旅行時候的事情嗎？小霞一直到最後都還愛著你。還是這種話題太沉重了呢？聊輕鬆一點的話題比較好嗎？」

「沒關係，妳就說吧，我很想聽。」我說。「我就是為了聽霞的事情來的。」

我在對方的勸誘之下，拿起起司咬了一口。紫小姐似乎在思索從哪裡開始說一般，緩緩喝了一口香檳之後開口。

「說要去旅行的是小霞。」

我點點頭。

霞說：我要去旅行。

「我要和小紫去旅行。我們一起去一樣的地方，然後小紫回到他身邊，我回到你身邊。」

那時候我們在我家狹窄的浴室。我在浴缸裡泡澡，注視用力刷洗身體的霞。

「你不要誤會了。」

鼻子上沾了肥皂泡的霞轉過頭來看我。

「不是因為我對尾崎先生還有留戀。我覺得這趟旅行不光是為了我，也是為了小紫。」

我伸手搔霞鼻頭上的泡沫。

「要去哪裡？」

「哪裡都好。雖然哪裡都可以，不過最好是去很遠的地方。最好是很遠的，沒有去過的地方。」

過沒多久，霞便安排了和紫小姐同遊的西班牙旅行。

「一開始先從巴塞隆納入境。」

紫小姐的手指捏起高腳香檳杯的杯腳，一邊旋轉一邊繼續說。

「我們先往西邊走，然後沿國境南下。離開塞維亞之後，朝逆時鐘方向前進，原本是打算從瓦倫西亞去馬德里，然後從馬德里回日本。」

我回想起和霞一起躺在床上，用手指指地圖的光景。

「那是我們到西班牙的第五天吧，在相當西南方的景點。那裡是個還滿大的城鎮，我們在那裡住一晚，計畫第二天去塞維亞。但是霞那天夜裡在那邊的飯店突然發起燒來，額頭異常地發熱。我和小霞都不會說西班牙文，光靠一兩句英文和硬說日文，從飯店服務人員那裡拿來藥給小霞吃，打算第二天再帶小霞去看醫生。那時候我打定主意就算被人家誤會是我誘拐小霞，也要帶她去看醫生。我在黎明時分稍微睡了一會兒。可是到了第二天早上卻是小霞先行起床，前一天的高燒消失得無影無蹤。我原本心想這樣就可以按照原定計畫，繼續旅行。

畢竟我們都不習慣國外旅行，不會說西班牙語又在西班牙旅行，稍微改變一點預定都很麻煩。」

「嗯。」我點點頭。

尾崎先生好像已經聽過這段故事，只是毫無反應地注視紫小姐。

「但是小霞說要在這裡住一晚。我想她昨天晚上發了那麼高的燒，大概體力不是很好，所以就接受了。可是小霞說不是那種原因，而是有非常想去的地方。我說之前都沒提過這種事，小霞卻笑著說是夢裡告訴她的。」

紫小姐一邊旋轉杯子，一邊凝視杯子裡不停吐小泡泡的香檳。

她繼續凝望香檳說道：也許你不相信。

「當小霞這麼一說的時候，我心想的確如此。我們並不是夢見相同的夢，但是我在夢裡知道小霞夢見了那種夢。該說我在夢裡看到小霞夢見了那種夢吧。要不然就是睡覺的時候，小霞夢中的一部分跑到我這裡來。我完全不知道夢的內容，唯一可以確定的是那個夢對於小霞非常重要。該說是夢的溫度還是密度呢？好像只有這種要素傳達給我一樣。」

紫小姐似乎因為自己無法完整地表達而感到煩躁，用手指敲打桌面之後望向我。

「喂，你懂嗎？」

我點點頭。

「我知道妳在說什麼，但是我沒有那種經驗，所以不是很清楚是什麼樣的感覺。」

聽到我的回答，紫小姐點點頭。

「我知道總之無論如何，小霞都打算去那裡。就算我說不去，小霞還是會去。既然如此，那我就跟小霞一起去。現在有時候我也會想，如果那時候我硬是主張一定要按照預定行程去塞維亞的話，是不是就不會發生意外了。」

「那不是妳的錯。」我說。

「嗯，我知道，可是還是會那麼想。」

紫小姐低著頭，抿住嘴唇。她肩膀後方是大型電視，旁邊擺了霞和我送給他們的藍紫色香爐。

「我們的人生沒有偶然也沒有必然。」我一邊注視香爐一邊說。「我們的人生不過是反映現實而已，我和霞的相遇，紫小姐和尾崎先生的相遇不是偶然也不是必然。無論是霞的死，還是我們之後的人生會發生什麼，都只是反映現實。我是這樣想的。」

紫小姐似乎思索了一會兒我的發言。

「是啊。」紫小姐終於點頭。「你說得也許對。」

「然後呢？」我拉回原本的話題。「霞要去哪裡？」

「我也是這樣問她，問她想去哪裡？小霞卻說不知道。雖然不知道，去了就知道。於是我們請飯店叫來計程車，然後搭上車。小霞叫計程車司機先是直直地往前開。」

霞當初大概做了那樣的動作吧。紫小姐伸直臂膀，筆直指向前方。

「然後小霞指示司機要在哪裡轉彎，哪裡要左轉。看來小霞雖然不知道目的地，但是知道怎麼去。司機是個老爺爺。我們已經離開城鎮很遠，路上的景色也越來越寂寥。如果不是帶著兩個女人，司機大概已經因為害怕而逃走了吧。我們約莫搭了一小時，到了一個小鎮，小霞請司機停下來。我在路上確認過地圖，但是到那裡的時候已經不知道自己到底身處何方了。我想大概是靠近葡萄牙的國境邊緣。我們在鎮中心下車之後，發現那裡真的是一個很小的城鎮。附近一個人也沒有，只有一棟古老的石材建築比附近其他建築物大。小霞朝那棟石材建築走去。我對司機說：We will Back，絕對Back，Ok？Wait here。如果不等的話，我會一輩子詛咒你。總之我拚死對司機說，逼他點頭之後才跑去追小霞。那是一棟修道院。雖然我們之前的旅途中也曾經去過修道院，但那些都是給觀光客看的修道院，有正式的入口和售票口，裡面也有規畫給觀光客參觀的路線。通常都是那種修道院。但是那座修道院不一樣，雖然狹小卻很有威嚴，一股不是信徒根本進不去的氣氛。修道院好像在對我們說：異教徒啊，如果不屈服的話就離開。我想小霞大概也是這種感覺。她在那棟建築物前面停了一會兒，可是又馬上打開門扇，我也慌慌張張地趕上去。」

紫小姐大概是口渴了。她喝乾香檳之後，尾崎先生又默默地斟滿酒杯。紫小姐向尾崎先生投以感謝的目光，再度開口。

「幽暗的禮拜堂正面是祭壇，正中央的位置坐了一位老婆婆，大概是鎮上的居民，正在一個人祈禱。小霞靠近祭壇之後，也跪下來祈禱。我沒辦法，只好跪在小霞身邊一起祈禱。祭壇上有一尊聖母像，我們在那一帶看了許多聖母像。畢竟那裡不是很盛行聖母信仰嗎？」

「是嗎？」我說。「我不知道。」

「總之那裡有一尊聖母像，和我們之前看到的聖母像完全不一樣，美麗到令人屏息。雖然我們之前也看過很美的聖母像，但是該怎麼說呢，美麗的標準不一樣。那尊聖母像具備的不是人偶的美麗，而是人類的美貌。她一手抱著聖嬰，臉上浮現溫暖的笑容。那時候我第一次了解信仰與藝術的關係。誕生於信仰的藝術會吸引接觸藝術的人進入信仰的世界。那時候要是有人勸我信教，我大概就變成天主教徒了。那尊聖母像就是如此美麗，明明是沒有生命的雕像，卻讓人渴望雕像會愛顧自己。我以為小霞是為了看聖母像而來的，心想為了聖母像千里迢迢來到這裡也不算浪費。可是不是。小霞瞪視著那尊聖母像。」

紫小姐看著我微笑。

「我現在都還很後悔沒能讓你看到那時候的小霞。瞪視聖母像的小霞非常美麗，絲毫不輸給那尊聖母像。我從未見過有人臉上充滿如此自信的表情。當時的我看傻了眼。小霞保持一樣的表情繼續瞪視聖母像，悄悄地對我說：妳先逃。」

「逃？」我歪著脖子問。

「我聽不懂小霞在說什麼，最重要的是我完全看小霞看得入迷。你們聽到我看雙胞胎的姐姐看到入迷會笑，但是那時候的小霞真的很美。小霞又說：快。我追隨小霞瞪視的視線，發現她看著的不是聖母抱著聖嬰的那隻手，而是另一隻伸向前方的手。那隻手上掛了一串玫瑰經念珠。那不是為了聖母像而做的念珠，是一般人使用的大小。雖然不明白為什麼掛在那裡，但是那串念珠就掛在聖母伸向前方的手上。我明白小霞是要偷那串念珠，她一定要偷那串念珠。我站起身來，小霞也同時動作。她像是搶奪一般拿下那串念珠。我朝出口奔跑，小霞也馬上追上來。祈禱的老婆婆不知道在吶喊什麼，也許只是責罵在修道院中奔跑的行為，可是我卻覺得對方是發現我們偷走念珠，所以連滾帶爬地逃出修道院。小霞也馬上跑到我身邊。計程車還在外面等我們，我們一起衝上計程車，對司機大喊：Go！Go！司機慌張地發動車子，往後一看，根本沒人追來。我們接下來回到旅館，取消原本要多住一晚的預約，馬上收拾行李，結帳離開。雖然比預定晚了很多，我們還是趕上當天前往塞維亞的火車。」

紫小姐此刻深深嘆了一口氣。看來這段談話非常消耗紫小姐的體力。尾崎先生起身端來一杯水。紫小姐這次開口道謝後，喝了一口水。

「我重新端詳，發現念珠其實很平凡。如果是我自己的念珠，已經舊到會想買一條新的了。那串念珠不漂亮也不出色。我在火車上問小霞，就是為了偷這串念珠去的吧。小霞點頭。我問她為什麼，小霞說她也不知道。雖然不知道為什麼，但是覺得自己非得去偷不可。如此一來，就會覺得時間停止五分鐘。她覺得停止五分鐘之後再次開始的時間裡面有你。」

紫小姐看著我。

「你懂嗎？」

「我不懂。」我說。「完全不懂。」

「是啊。」紫小姐點點頭。「完全不懂吧？我也完全不懂，我想就連小霞自己也完全不懂。」

「但是，」我思索了一會兒之後開口，「她是為了我而做的吧？」

「不是為了你，主要還是為了自己。她只是想去和你一樣的時間裡。小霞笑著說：我有一天會遭天譴。接下來我們一起在火車裡睡了一會兒。因為我們都累壞了。我們的頭靠在彼此的肩膀上，握著手一起睡著了。然後就發生了意外。當我在醫院聽到小霞死掉的時候，我想小霞已經知道會發生意外。夢裡其實連意外都告訴了小霞，但她還是得去偷念珠。」

紫小姐說：很奇怪的故事吧。

「我只是希望讓你知道，小霞一直到最後都很愛你，就算遇到你之前愛的人是他。」

紫小姐望向尾崎先生之後，又看向我。

「這是小霞告訴我的。」

「原來如此。」我點點頭。

「相信我，小霞一直到最後都是愛著你的。小霞賭上自己的一切愛著你。」

「我相信妳。」我說。「毫不懷疑。」

「真的嗎？」

「真的。」

紫小姐直勾勾地凝視我，然後露出微笑。

「那串玫瑰經念珠呢？」我開口詢問。「可以讓我看看嗎？」

紫小姐搖搖頭。

「意外的時候搞丟了。」

「啊。」

我回憶起報導意外的新聞影片點頭。

「搞丟也是理所當然的。」

火車完全翻覆，嚴重扭曲。雖然死者只有霞一個人，卻有數十名傷者。在那麼嚴重的情況之下，不可能找到一串小小的念珠。

「因為是很重要的東西，所以我們到處詢問，結果還是沒找到。我相信一定是小霞帶走了。」紫小姐如是說。

「嗯。」我點點頭。

雖然不知道紫小姐為何起身，但是她突然起身時踉蹌了一下，扶住桌子。尾崎先生起身，抱住紫小姐的肩膀。

「妳沒事吧？」

紫小姐朝尾崎先生點頭之後，向我開口。

「不好意思，可以讓我休息一下嗎？總覺得有點累。」

「啊，嗯，當然可以。」我說。「妳沒事吧？」

「我只要休息一下就好。我準備了晚餐，等一下一起吃吧。」

紫小姐說完之後，望向尾崎先生。

「一個半小時之後可以叫我起來嗎？」

「不，我下次再來。」我說。「所以下次再一起吃吧。」

紫小姐開口之前，尾崎先生先點頭。

「就這麼做吧。」

紫小姐想了一會兒之後開口。

「對不起，難得你來一趟。本來想跟你說更多關於小霞的事。」

紫小姐說完之後，委婉地拒絕尾崎先生的手，自己走出客廳。尾崎先生目送紫小姐離開之後，重新坐回椅子上。

「紫小姐常常這樣嗎？」

面對毫不慌張的尾崎先生，我開口詢問。

「發生意外之後，偶爾會這樣。」尾崎先生點頭。

「沒給醫生看過嗎？」

「去看過醫生，可是醫生說身體沒有問題。」

「是嗎？」

口渴的我拿起香檳的瓶子，酒瓶卻已經空了。

「還是你要喝紅酒嗎？」

「啊，不用了，我差不多該走了。」

「啊，是嗎？」

對方沒有留我，也沒有送我，只是一時沉默地凝視桌子邊緣。

「然後……」

面對說到一半的尾崎先生，我開口詢問。

「然後？」

尾崎先生抬起頭來，臉上是下定決心的表情。

「你覺得那是紫嗎？」

「那是紫小姐吧？怎麼看都是紫小姐。」我說。

「是啊，聽到那些話，一定會這樣覺得吧。」

尾崎先生點點頭。他的說法讓我有些在意。

「怎麼了嗎？」我問。

尾崎先生緩緩地開口，彷彿正在斟酌自己的發言。

「我已經不是第一次聽紫說這段故事。第一次聽到是在西班牙的醫院裡。那時候的說明非常支離破碎，主詞亂成一團。原本是霞小姐的部分變成我，甚至還說出小紫，兩人的視點完全混淆。我一開始以為是意外而導致混亂。畢竟她失去了雙胞胎的姊姊，等於失去了一半的身體。」

「不就是這樣嗎？」

「是啊。」尾崎先生點頭。「之後又聽了她說幾次，每次她都會混淆主詞，不過次數慢慢減少。今天是我第一次聽到她毫無錯誤地說完。對我而言，好像聽到她終於能夠毫無錯誤地背完九九乘法一樣。每次講到這件事，她身體一定會不舒服，就像逼迫自己嚥下無法吞嚥的食物一樣。」

看來餐廳一事不是惡魔第一次在他肩膀上呢喃。發生意外之後，惡魔一直在尾崎先生肩膀上呢喃：那個人真的是你的妻子嗎？

我的目光離開尾崎先生，夕陽照亮的廣大客廳似乎有些寂寞。

「昨天呢。」尾崎先生開口。

「嗯？」

我的目光又回到尾崎先生身上。

「吃飯的時候，我本來沒那個意思。結果卻一不小心脫口而出。把飯碗遞給她，要她再添一碗飯的時候不小心問她：妳真的是紫嗎？」

「她說什麼？」

「她愣了一下，然後微笑對我說：我究竟是誰呢？」

「那也是沒辦法吧。」我說。「如果有人問：『你是尾崎嗎？』你會怎麼回答呢？」

「是啊。」尾崎先生點點頭。「認真回答也太傻了。」

「對吧。」我說。

「是我想太多了嗎？」

尾崎先生非常辛苦地擺出笑臉。

「是你想太多了。」我也以笑容回應。

但是，那時候我肩膀上也來了一樣的惡魔，和尾崎先生肩膀上一樣的惡魔。對方在我耳邊持續和尾崎先生不一樣的呢喃。

霞真的愛過你嗎？

我離開尾崎先生住的公寓，搭上電車，回到自己家。黃昏時分的小學操場和之前一樣，有好幾個影子在操場追逐足球。我不想回到狹窄的家中，於是靠在校門上漠然地眺望那些影子。

你以為我沒想過嗎？

我回想起當時霞宛如下戰帖般瞪視我的強烈視線。

是啊，我殺不了紫。所以我只好殺死我自己。

如果霞可以讓當初殺死的自己復活，又能不弄髒自己的雙手就跟紫交換身分，霞會怎麼做呢？

惡魔以相同的聲音向我呢喃。

霞真的愛過你嗎？

我耳邊傳來孩子的歡呼聲。

那天之後，我刻意埋首於工作，比至今更加頻繁地造訪自己打造的餐廳，仔細地確認業務內容；為了宣傳而拜訪雜誌等相關的媒體從業人員；造訪數家不動產公司以尋找新的店面。那天我也是為了重振銀座某家客人不再增加的餐廳，和在好幾本雜誌連載的寫手約好要見面。

我在約好的一小時之前抵達可以俯視澀谷車站的咖啡店，點了咖啡之後，一邊喝咖啡一邊觀察澀谷車站的人潮。

消費者雖然是抽象的存在，構成消費者的每個人卻不是抽象的存在。

我想起在上一間公司，小金井小姐灌輸給我的第一件事。

「你說的消費者是誰？男的？女的？幾歲？年薪多少？家裡有幾個人？周休二日嗎？住在哪裡？有車子嗎？」

小金井小姐如是告訴我。

「忘記所謂的消費者，思考具體存在的個人。」

我一邊俯視車站，一邊尋找齋藤先生的身影。有心尋找的話，到處都是齋藤先生。有位齋藤先生筆直望向前方，急忙趕路；有位齋藤先生一邊講手機，一邊穿過人群與全向十字路口；有位齋藤先生在植栽前的欄杆坐下，喝起罐裝咖啡。

齋藤先生。

這是我為了方便，給澀谷酒吧的客人取的名字。男性。三十五歲。

大學畢業，進入不太差的企業，擁有不太差的地位。年收將近七百萬。有年幼的孩子，差不多到了想買房子的時候。家計因此不甚輕鬆，但是也不至於非常緊迫。他和結婚七年的妻子討論，覺得小孩長大以後應該會更花錢。然而，那也是之後的事情。在公司裡有幾位部下，當然也有後輩。他盡量與大家社交，藉以保持工作進行順利。其中有一兩位覺得還不錯的女生。對外遇並不積極，不過不確定女生主動的話不會心動。儘管如此，他還是維持一定的男性魅力，和女生們相處。

某一天，其中一位女生找齋藤先生商量。也許是工作上的煩惱，也許是關於男朋友的煩惱，或是整體人際關係的煩惱。齋藤先生基本上是個親切的人，不會因此就對女生趁虛而入，因此答應幫忙女生。他們約好下班之後，兩人單獨用餐。齋藤先生誠懇地聽取對方的煩惱，盡可能提供意見給對方。麻煩的是飯都要吃完了，女生的煩惱還是沒有解決。齋藤先生一邊展現長者的風範結帳，一邊思索接下來要去哪間店。

不可以帶去太便宜的店。帶去哪家便宜的連鎖店的話，可是會影響齋藤先生的評價。畢竟女生之間，謠言流傳得非常快。

走出餐廳，齋藤先生面對完全跟隨自己的女生輕輕一笑，然後用比光纖還快的速度思索。齋藤先生這時候不可以過度慌張，好歹也要去一家可以撐過場面的店，最好是可以提升明天在女生心中一個地位的店。我想做的就是這時候會讓齋藤先生想起來的店。就算預算不夠，就算這個月必須拒絕其他所有聚餐，卻可以帶給女生與金額相符的滿足感，換句話說，也是帶給齋藤先生相同滿足感的店。

齋藤先生終於想到：那裡不錯。之前一起工作的人曾經邀他去過一次。如果不是內行人帶他去，他根本不會發現那裡有家酒吧。後來他才知道那是只有少數人才知道的祕密酒吧。不過自己去那間酒吧，能夠做到像那個人一樣嗎？那個人應該是那家酒吧的常客吧？所以才會流露出毫不畏縮的態度。

齋藤先生應該多少有點不安吧。

而且那天是花公司的錢，今天總不可能報經費。

但是只要想到一次，齋藤先生便沒有其他選擇的餘地。畢竟沒有幾家店能比那家店更好了。齋藤先生下定決心，催促女生：我們走吧。

我假裝自己是齋藤先生，走進自己想像中的酒吧。裡面雖然陰暗卻不淫靡，裝潢為復古風格的店家中有好幾位店員安靜卻敏捷地工作。當然店員都是男性，全部都是二十五歲到三十歲左右。其中一位店員面帶整潔的微笑接待齋藤先生，彷彿他是店裡的常客。然後他又面對齋藤先生帶來的女生，露出有禮的笑容。店員帶領他們來到兩人並排的低矮沙發，卻沒有拿出菜單。齋藤先生點了上次別人帶他來的時候喝的酒；面對因為酒吧的氣氛而不知所措的女生，他推薦了以前聽過卻沒多少人知道的雞尾酒。齋藤先生問店員：你們能做這種雞尾酒嗎？店員一邊微笑，一邊點頭表示：當然可以。彷彿齋藤先生的選擇非常有品味。每組位置之間都有充足的距離，所以店員離開之後就是兩人單獨的空間了。

我心想：這樣還不錯。

結果女生的理性因此崩壞，或是齋藤先生的人生因此混亂，都和我無關。甚至最好發生這種事情；最好是光帶女生去，就能讓女生覺得自己受到特別待遇的店；不能直接告訴大家在哪裡，卻會想四處宣揚自己去過的店。聽過的人又會告訴別人，然後成為潛在的客戶。

接下來還需要什麼呢？

我一邊觀察出現於視線內又消失的幾位齋藤先生，一邊思索新店鋪的模樣時，目光突然停留在一位比齋藤先生大一點的男性身上。我一時之間也不明白自己為什麼會留意對方。畢竟我們已經一年多沒見面，一時沒有認出對方也是無可厚非。對方似乎在等人，一邊看手錶一邊觀察四周。長內課長的動作比一年之前更加神經質。我本想走出咖啡店向他打招呼，仔細想想也沒什麼話好跟對方說。我辭職一陣子之後，公司藉由常務的關係和大型廣告公司合併。既然是常務主導的合併，長內課長的立場應該不差。雖然是我辭職之後才發布人事命令，不過長內課長也許升上了夢想中的部長也說不定。

我漠然地俯視長內課長，直到他等待的人出現。長內課長等待的對象終於出現，可以看到他姿勢端正地向對方深深一鞠躬。對方年紀看起來跟我差不多，是在做哪一行呢？雖然身著西裝，領帶卻打得很隨便。一副「我好歹也已經出社會，所以只好掛條領帶」的穿著。但是下巴上懶得剃掉的鬍子卻又顯示雖然已經出社會，卻懶得配合那麼多的態度。他懶洋洋地揮手打發長內課長的招呼，用下巴比了比方向之後便前進。慌張跟隨的長內課長臉上掛著我從未看過的笑容。我茫然地目送兩人離開的身影，一時之間無法相信眼前的光景。

你嚇了一跳嗎？

我甚至覺得長內課長等等會笑著走回來，對我說：你嚇了一跳嗎？

你在開玩笑吧？這是在開玩笑吧？

但是這當然不是開玩笑。

雖然說是合併，對象如果是大公司，一般是說吸收了小公司。被吸收的人在新公司究竟是什麼處境，只要想一下就能明白。我嘲笑自己的天真。

結果公司在社會上應該擔任的角色不就是如此嗎？

我回想起長內課長驕傲地斷定的模樣，現在的長內課長又是如何界定自己與公司的關係呢？澤野先生呢？他還是跟同事一起去喝酒，向坐在附近的粉領族搭訕，回家看小孩的睡臉而撐過每一天嗎？

我突然很想跟大家連絡，但是我也不能幫大家做什麼。連絡只會讓我們彼此覺得尷尬。結果那間公司之於我只是過去；對於同事而言，我也只是過去的人。

「不好意思，讓你久等了。」

我一抬頭，就看到寫手圓滾滾的臉蛋。也許是因為對方和我年齡相仿，所以才能輕鬆交往。我們是在上一家公司認識，現在也保持連絡。

「啊，是我自己提早到了而已。」

「這間店可真熱。」

這位寫手大概到了哪間店都抱怨一樣的事吧？脫下大衣之後，他把比標準肥胖許多的身軀擠進扶手之間的空間，不安地看了看發出可怕聲音的椅子之後，對經過的店員點了一杯薑汁汽水。他也和剛才的我一樣，俯視車站。我們認識是在上一家公司，所以他應該也知道長內課長。想到長內課長已經離開，我有點安心。

「人真多。」他低聲呢喃。「大家究竟來澀谷幹嘛呢？」

我腦海中還殘留長內課長的身影，一時之間不知該如何回答，只能報以曖昧的笑容。對方不知怎麼想我的笑容，馬上拿出記事本，切換成工作的話題。

「你今天找我來是？」

「啊，嗯。」

我揮去腦海中長內課長的身影，拿出準備好的資料。

「不好意思，又有事情要拜託你。」

我一邊展示試吃的餐點照片，一邊向對方說明銀座店新推出的午間自助餐。他喝著薑汁汽水，聽完說明之後點點頭。

「既然如此，我下次會去採訪，然後在下個月的雜誌寫上幾篇。」

「謝謝你幫忙。」

「就這樣？」他說。

「咦？」

「聽說你又在企畫新的店，我還以為你今天是要跟我講那件事。」

「啊。」我笑了。「那邊還沒準備好，連藍圖都沒有。」

「你要做的時候，請告訴我。一定要第一個告訴我喔，我會在人氣雜誌最醒目的地方幫你介紹。」

「到時候就拜託你了。」

雖然我想下一家店的情報應該不會告訴他，還是向對方點頭致意。

「不過你進行得還真順利。」

他收起手上的記事本說道。

「換了公司就一帆風順對吧？真是羨慕你。」

「都是託了大家的福。」我笑著回應。

其實我的工作能夠進展順利都是因為這些寫手的存在。當我依序企畫四家店鋪的時候，我的名字在他們的筆下化為「企畫東京都內好幾家人氣店鋪的製作人」。那個名字只是記號，而非我本人。奇妙的是他們對於這件事情都沒有自覺，以為那個身分就是我本人。就連在上一間公司就認識我的他也一樣。他們都說我的成功是因為才能。我一開始以為是挖苦、兜圈子的嘲諷或是單純的玩笑，過了一陣子才發現他們好像是認真的。那是一種奇妙的感覺。現在在他們面前的是我，也不是我。我對於這件事情並沒有格外用心，也沒心要扮演另一個角色，使用的字彙和理論也跟在上一間公司的時候一樣。但是我的發言或是充滿我風格的說法，在他們心中卻翻譯成我之外的某人的發言或是充滿某人風格的另一種說法。那麼我和那個不是我的某人，究竟有哪裡不一樣呢？就連我自己都搞不清楚，有時候甚至還會相信他們口中所說的才能。

結果我究竟是誰？

我一邊凝視他抱怨最近採訪的某家店，一邊茫然地思考這個問題。

「要不是為了工作，我絕對不會去。可是因為是工作，我還是會把那家店寫得很好。」

他對我說：如果是你的話，應該可以打造成一家更棒的店。

「嗯，每家店都有各自的理由吧。」我回答他。

「的確是這麼說沒錯。」他回應之後，又開始討論其他店家。

那個禮拜，我完成澀谷酒吧的藍圖。於是我打電話給老闆，約好下次見面的時間。

3

野毛先生在快要晚上的時候來臨。翩然來到的他拿起印表機剛印好的圖片，鼻子發出哼的一聲。

「是這種感覺的店嗎？」

「完全不一樣。」我說。「那是改造之後的感覺。吧臺還是在原本的地方，其他的部分幾乎都會換掉。這是我自行加工的圖片，黏在電腦前面三天才做好。」

「這種東西叫我公司職員來做的話，一下子就做好了。」

「別叫他們幫忙。」我笑著說。「連這點工作都被搶走，還要我幹什麼？」

「是啊。」

野毛先生一邊笑一邊凝視手上的紙張。

「看起來會變成一家不錯的店。」

「應該會。」

我向野毛先生概略說明初期投資可能花費的金額和回收所需的時間。對方暫時露出思索的表情，然後嫌麻煩似地搖搖頭。

「算了，反正應該會很順利。」

我收下野毛先生還給我的圖片，和其他文件一起收進資料夾。

「那我要出門了。我約好六點要到那家酒吧，開完會就直接回家。」

「喔，辛苦了。」

我走出辦公室之後，回頭望向野毛先生。他背對我坐在沙發上，脫下鞋子，把兩條短腿架在茶几上。

「樓上的公司如何？」

「如何？」轉過頭來看我的野毛先生露出疑惑的神色看我。「沒什麼，就那樣啊，怎麼了嗎？」

野毛先生轉過頭來的瞬間可能以為自己已經抹去了疲倦的神色，但我還是在他臉上發現了些許痕跡。

「公司還順利嗎？」

「不要跟國稅局問一樣的事情。」野毛先生皺起眉頭。「很順利啊，還繳了一堆稅。」

「是嗎？」

「怎樣啦？」野毛先生說。

「他說您雖然很有錢，看起來卻不太幸福。」

我說完之後，望向打工男孩的桌子。他說要去一下便利商店，卻已經消失二十分鐘以上了。

「管太多。」野毛先生苦笑。「下次幫我跟他說，就算這樣也還是比窮人幸福。」

「我才不要，您自己說。」

「趕快出門吧。」野毛先生苦笑著向我揮手，我則前往澀谷。

和之前一樣，酒吧附近的道路在這個時間依舊人影稀少。推開門，酒吧裡依舊是酒保站在吧臺後方，老闆坐在吧臺前的椅子上。宛如我離開的時候兩人便一直維持相同的姿勢，直到我推開門扇才又開始動作。

我向酒保點頭致意之後，朝老闆隔壁的椅子坐下。吧臺上放著不知道是從哪裡撿來的橡實，牙籤垂直插入橡實。

「你們不會玩這種東西吧。」

老闆說完之後，轉動橡實做的陀螺。

「我玩過。」我說。「但不是做成陀螺，而是彌次郎兵衛⑤。」

「彌次郎兵衛？」

「用免洗筷代替牙籤插在橡實上，然後用橡皮筋固定，做成彌次郎兵衛。」

「你們那個年代也會玩這種東西？」

「我有做過，應該是小學三年級的課堂上做的。」

「課堂上？」老闆說。

「是的，課堂上。」

「居然是學校教的。」老闆嘆氣似地說完之後搖搖頭。

我不知道該如何回應老闆的嘆息，於是從手上的公事包中取出資

⑤一種日本的傳統平衡童玩，通常以竹籤與橡實製成。

料夾。裡面裝的是基本的概念說明、改裝之後的示意圖與改裝之後的營業額預測圖。老闆從胸前的口袋取出老花眼鏡，仔細凝視那些文件。尤其是改裝之後的示意圖，他格外謹慎地注視。最後他終於闔上檔案，摘下老花眼鏡，非常疲倦地用手指搓揉眉心。

「你最好多看看古老的事物。」

對方雖然說了「你」，聽起來卻像自言自語。

「要我向古老的事物致敬嗎？」

我對這種矛盾笑了。我的工作就是改造不合時代潮流而即將倒閉的店家，這句話等於要我放棄工作。

「我是說流逝的時間。」

老闆的口氣似乎在責怪我的笑容。

「包括現在流逝的時間。」

包括現在流逝的時間。

老闆說完之後，彷彿利用陀螺將時間視覺化一般轉動陀螺。

「人生就是時間的長度，輕視時間就是輕視人生。」

陀螺逐漸失去力量傾倒，轉動一陣子之後終於還是停止動作。

「人生是這麼一回事嗎？」我說。

「雖然我之前就有預感。」老闆瞄了我一眼之後說。「看來我不喜歡你。」

「這點我同意。」我笑著說。「我也不喜歡我自己。」

「你沒想過要變成自己喜歡的樣子嗎？我覺得為這種事情耗費時間，才是人生正確的過法。」

面對對方突如其來的提議，我思索一會兒之後搖頭。

「我不知道，也沒想過那種事情。我就是我，只是我討厭這樣的我。」

看來病得很深啊。老闆笑著說完之後，第一次認真注視我。

「有什麼理由嗎？」

「如果請人進行精神分析的話，應該會找到什麼理由。但是我現在對於精神分析沒興趣，也不覺得有必要。」

「儘管如此，你依舊可以活下去。」老闆說。

「是。」我點頭同意。「我依舊可以活下去。」

「你不覺得辛苦嗎？」

「辛苦嗎？」我重複這句話之後搖搖頭。「我沒想過這件事，所以應該是不辛苦吧。」

「你這人真奇怪。」

「我只是缺乏羞恥心而已。」我說。「沒有羞恥心，所以不會去配合周遭，也因此奇怪的部分一直沒改變，就這樣長大成人。因為還是缺乏羞恥心，於是忝不知恥地把原本的樣子暴露在世人面前。結果導致一般人看我覺得有些奇怪，不過是如此而已。」

「我果然還是不喜歡你。」老闆說。「但是沒有之前討厭你了。」

「這就夠了。」我說。「您不喜歡我並不會影響工作。」

「是啊。」老闆點頭。「事情的確如此。」

「那麼，」我說。「我們來談生意吧。」

「生意。」老闆笑了。「好啊，就來談你說的生意什麼的吧。」

「如同您所見，裝潢會有大幅度的改變，例如那邊的沙發和燈具。這邊的吧臺也會漆成黑色，還會增加人手和改變菜單。之後應該會提供更加精緻的餐點。那邊會加上牆壁，改造成廚房。菜單上也會加入幾種原創雞尾酒。我們保證每個月至少會付給您這筆金額。」

我把寫了金額的紙張展示給老闆。這個金額應該是他現在每個月收入的三倍。零頭很多是為了表示我們是根據某些依據所算出的數字，並沒有什麼特別的意義。

「就算新店失敗，我們也一定會支付您這筆金額。如果利潤超過這筆金額，我們會收取超過部分的一半作為顧問費用。剩下來的一半還是交給您。」

老闆又開始旋轉陀螺，一直凝視到陀螺倒地為止，才終於勉強開口。

「似乎不錯。」

「我想對您來說不是壞事，至少在經濟方面。」

「我有一個條件。」老闆說。

「請說。」

「新的店面也要繼續聘用他。」老闆說完之後望向酒保，但是酒保並不看我們。

「不行。」我說。

「為什麼？」老闆說。「他是很優秀的酒保。」

「所以才不行。」我說。「我們的店不需要優秀的酒保。」

「怎麼可能有酒吧不需要優秀的酒保？」

「看來您還不明白。」我說。「我們接下來要成立的不是您所想的那種酒吧。不是提供給成熟的大人好好喝酒的好酒吧，而是只要出錢，誰都能享受那種氣氛，或是好像感受到那種氣氛的酒吧。我們要做的是冒牌貨，是贗品。贗品裡不需要真貨。只要有一個真貨，馬上就會被發現其他都是贗品。就像扮家家酒的時候如果端出真正的餐點，剛剛還是飯糰的泥丸子會因此恢復成泥丸子的樣子。新酒吧就跟扮家家酒一樣。」

整齊劃一的笑容、服務和清潔感。客人在這種限制當中喝酒，開開心心地回家。我的目標就是這種酒吧。酒保所具備的機靈與柔軟的應對能力反而是障礙。在那位優秀的酒保面前，我所準備的服務生都只是木偶。

「也就是說你想做的是——」老闆說。

「是我們。」我委婉地訂正老闆。「我們和您，我們。」

「無所謂，我們想做的是讓泥丸子看起來像飯糰的酒吧。」

「正是如此。」

「代價則是，」老闆說完之後望向我所提供的金額，「這個嗎？」

「正是如此。」我點點頭。

他仔細凝視那個金額，似乎正在思考。

「如果這家酒吧是您的生命、靈魂或是人生的結晶，您就應該放棄。但是假設如此，您一開始也不會來找我們了。您當初應該無論多少赤字，都決定和這家酒吧共存亡。但是現實生活中，您卻找上我們，表示您願意把這家酒吧換算成金錢。如果這家酒吧不是您的生命、靈魂，也不是您人生的結晶，選擇我們當夥伴並不壞。這筆金額是最低的保證，我們一定可以支付您更高的金額。大概不到一年就能辦到。根據我們目前為止的業績，應該一年左右就能讓新的酒吧上軌道。」

「可以讓我想一下嗎？」

「如果還要想的話，我勸您放棄比較好。」我說。「我們不是壞人，但是也不是什麼大好人。如果您看到這筆金額還是無法下定決心，我勸您還是放棄比較好。您之後一定會後悔的。」

「我現在放棄，以後也會後悔吧。」

「那是為了金錢的後悔，而不是無可救藥的後悔。我說的沒錯吧？」

「你，」老闆笑了，「你真年輕，還好年輕。」

對方的口氣不是輕蔑，也不是羨慕，而是充滿懷念。

「我看你對於這份工作，對於你所說的生意似乎不是很有興趣？」

「沒這回事。如果我讓您覺得如此，不過是因為我就長成這副德行。如果我看起來很沒幹勁，還請您見諒。但是我一定能達成讓您滿意的結果，敬請期待。」

「是嗎？」

老闆說完之後，直勾勾地看著我。我突然想對他說真話。但是我想開口並不是因為信任他，甚至是基於相反的原因。國王傾訴祕密的對象並非值得信任的部下，而是理髮師。我就是這樣輕視他。

「我老實說，」我開口，「其實我並不喜歡這個工作。不光是這個工作，我不喜歡至今改造的所有店家。一開始的赤坂的店家，之後西麻布的店家、銀座的店家和新宿的店家，我全部都想燒掉。」

「那辭職就好了。」

「我就算辭了也沒其他事情做，然後——」

「嗯？」

「譬如說你答應這個工作，我負責計畫與執行，然後我們就會成功，畢竟我至今也沒失敗過。我成功的代價便是獲得你大概無法相信的高額薪水。」

「所以你是為了錢而工作？」

「我沒這麼說，不過這是一個簡單明瞭的基準。如此一來，我也會覺得自己生活於社會之中。」

「我實在不習慣這種想法。」

「那麼還有其他基準嗎？」

「就是這個，我就是不習慣這種要求其他基準的態度。」

「我想時代已經變了。」我說。

「大概吧。」老闆點頭同意。

老闆又把手伸向橡實陀螺。最後他放棄轉動陀螺，從椅子上起身。

「讓我考慮一下。」老闆說。「可以吧。」

「請您慢慢考慮。」我說。

「這個給你。」

老闆把橡實塞進我掛在椅子上的大衣的胸前口袋。

「謝謝。」我說。

老闆朝酒保輕輕舉手，走出酒吧。我把檔案放回公事包。原本想要起身的時候，酒保突然端出一個玻璃杯給我。對方問也不問，就倒了一杯威士忌。

「請用。」

我重新坐好。對於我說不再聘僱他，他應該覺得很無趣。可是我在他臉上完全找不到那種表情。我曾經想過是因為他沒聽到，但是我們之間的距離當然不可能遠到聽不到。

「這家店，」酒保說。「是那個人的生命、靈魂和人生的結晶。或者該說是超乎一切的存在，根本就是他本人吧。」

他面對我充滿疑問的視線繼續說明。

「他的妻子生病了，是癌症。」

我思索了一會兒開口。

「醫療費很貴嗎？」

「是，一般治療的話不會那麼貴。但是使用健保不給付的藥物或是所謂的民間療法，就必須支付相當的費用。」

雖然我不是很懂，但是追求一般治療之外的療法，不就表示病情已經相當危急了嗎？

「那個治療有意義嗎？」

「意義？」酒保露出不可思議的表情偏著頭。「你所謂的意義是指？」

「這樣做就會痊癒嗎？」

「我想應該很難，但是可能會活久一點。」

「儘管如此，他還是要賣掉酒吧嗎？雖然不是單純賣掉酒吧，但是對於老闆而言，意思是一樣的吧？」

「那個人已經沒有其他東西可以賣了。」

酒保說。

「他不是什麼有錢人，不過是和我一樣的老人而已。房子幾十年來都是租的，這裡也是租來的店面。晚年的積蓄早就用光了。一無所有的老人為了妻子，除了賣掉自己，還有什麼可以賣呢？」

「所以也可以不要賣啊。如果太太可以因此獲救也就算了，可是並非如此不是嗎？儘管如此也是要賣掉生命、靈魂或是人生的結晶嗎？或是說賣掉自己？」

「我這種人是不太懂。」酒保努力保持平靜地說。「不過世上一般稱呼這種行為是愛。」

「我也不太懂。」我說。「我的世界稱呼這種行為是自我滿足。」

「那麼是你的話，又會怎麼做呢？」

酒保凝視我。他的眼神雖然帶有憐憫，卻又不太一樣。他是在同情我這種存在。

是我的話，又會怎麼做呢？

我的視線從酒保身上轉移，開始思索。

就算我知道不過是愚蠢的自我滿足，我還是會去偷那串玫瑰經念珠嗎？就算我知道之後會有可怕的懲罰等待我？

我一口氣喝下威士忌，酒保靜靜地為我斟滿第二杯。

「計畫可能順利執行嗎？」

酒保的視線停留在我放入資料夾的公事包上。

「啊，是。」我點點頭。「只要老闆點頭，一定會成功。」

「是嗎？」酒保點點頭。

我們陷入沉默。接下來進來的幾位客人和酒保親密地交談，喝了幾杯酒之後又走了。每當我杯子空了，酒保就前來為我斟滿酒，斟滿之後又離開。我不記得自己喝了幾杯。酒吧又進來了一組男客，和我之間隔了兩張椅子。他們不知道在聊些什麼，有時候也會和酒保搭話，酒保也以沉穩的聲音回應。三人所醞釀的親密氣氛讓我覺得不是很舒服，於是我拿起公事包。儘管我以為自己沒有那麼醉，起身的時候還是腳步蹌踉，撞到那組客人其中一位的肩膀，害對方手上的酒杯濺出一些酒。

「你沒事吧？」

對方大概是五、六十歲的年紀。看似常客的對方，用濕巾擦擦自己的手，含笑問候我。

「是，我沒事，不好意思。」

「別在意，年輕的時候總是會出這種糗。我年輕的時候也這樣過，他也是。對吧？」

他對相同年紀的另一位客人微笑，對方也點頭。

「是啊是啊，還曾經有更過分的時候。」

「回家路上小心。」

我走向門口，不知何時走出吧臺的酒保為我開門。

「路上小心。」他也對我說。

「是。」

「晚安。」

「晚安。」

那是我最後一次見到酒保。之後他怎麼了，我也不知道。但是我總覺得他之後應該在某個小鎮的酒吧裡，繼續安靜地站在吧臺後方。如果是正常的酒吧，應該會以最高規格迎接他吧。雖然正常的酒吧所剩不多，好歹世上應該還剩下幾間。

我對老闆如是說。

「是啊。」老闆點點頭。「我也是這麼想。」

酒吧平常這個時間已經開店，今天卻沒辦法開張。據說酒保三天前留下一封信便消失了。店門口貼了一張紙，上面是老闆耿直的字跡說明本店暫時關閉。僅僅是吧臺後方失去了酒保的身影，酒吧便完全變了一個樣。原本充斥於酒吧當中的親密氣氛消失得一乾二淨，變成一個單純的箱子。在我眼裡就像是拆了包裝的扁平白色紙黏土，可以化為各種形狀。然而我唯一做不到的便是讓它恢復三天前的狀態。不，也許我做得到，但是必須耗費漫長的時間。

想到時間。

「我可以按照預定計畫執行嗎？」

面對我的詢問，老闆不發一語。

「酒保走了實在非常可惜。」我說。「就連我都覺得接下來過了幾年，隨興走進某一間酒吧喝酒的時候，應該會突然回想起他，而且心情會變得非常悲傷。」

老闆還是不發一語。

「對方是為了讓你下定決心而離開的吧？既然如此，我就應該依照計畫進行。請您全權交給我，我一定會讓您收錢收到厭煩。」

老闆繼續保持沉默。面對堅硬龐大的沉默，我已經無話可說。

「她叫真紀子。」老闆突然低聲呢喃。

「請問您剛剛說了什麼？」

「真紀子，那是我妻子的名字。」

「啊，是。」我說。

「這家店是我們三個人一同打造的。他是酒保，我負責進貨和經營。因為還需要一個人，所以我們便應徵了店員。我和他都第一眼就喜歡上真紀子。她雖然很美，但不光是美而已。她能夠維持自己的原則，卻又具備能與人輕易打成一片的柔軟。酒吧馬上出現常客，營運也迅速上軌道。那時候真的很快樂。酒吧就像我們三個人建立的童話王國一樣。說是老闆，我也不過是一開始準備了一點錢而已。這家酒吧應該說是他們倆的結晶才是。」

那時候的酒吧還沒有像現在的親密氣氛吧？取而代之的是年輕的酒保和美麗的店員所帶來的華麗氣息。

「我察覺他喜歡真紀子，所以早一步向真紀子求婚。她雖然苦惱了一會兒，結果還是跟我結婚了。畢竟她也沒有其他選擇。如果拒絕我的求婚，只能離開這家店。真紀子愛的究竟是我？是他？還是這家店呢？」

我環視酒吧，但是眼前出現的只是空蕩蕩的箱子。

「可惜的是您已經失去其中兩樣了。」我說。「雖然我覺得很抱歉，現在我也沒有辦法挽救。」

「你不需要道歉，真要說是誰的責任，也是我的責任，跟你一點關係也沒有。」

是啊。老闆點點頭。畢竟已經失去了。

「我還是沒辦法接受他真的走了，覺得他好像現在也會隨時打開門走進來。」

我們就像說好的一樣，一起望向門扇。好像他真的會打開門走進來一樣。

「請你照預定計畫執行。」

老闆的視線從門扇轉移回來。

「讓我收錢收到厭煩，我才能用那些錢去買和妻子共度的時間。請你一邊祈禱她可以再撐久一點，一邊讓我大賺一票。」

我點點頭。雖然我想再留在這裡一會兒，和酒吧惜別。但老闆應該不是願意在人前流淚的人，於是我起身離開酒吧。

看來今晚應該會睡不著了。我望向枕邊的鬧鐘，發現快要第二天了。如此一來，世上已經變成第二天了吧。我拿起家中電話的話筒，按下電話號碼。本想電話響三聲沒人接就要掛斷，朋友卻在第二聲的時候接起電話。

「不好意思，這麼晚打電話給你。」我說。

「沒關係。」朋友說。「我剛剛才回來，你打來得正是時候。」

所以加班到現在囉？面對疲倦的友人，我不是很好意思抱怨。朋友似乎發現我的心思，先開口詢問。

「發生什麼事了嗎？」

「沒事，只是有點睡不著。」

朋友思索了一會兒這句話的意義。耳邊傳來痛苦的聲音。本想開口詢問朋友家中是否有別人，後來才發現是以前經常在他家聽到的布魯斯。嘶啞的聲音與其說是音樂，更像是呻吟。

「你有啤酒嗎？」朋友突然開口。

「嗯？」

「喝一杯吧，我也去拿啤酒來。」

這個提案還不錯。一邊喝啤酒一邊閒聊，掛斷電話，尿尿，睡覺。如此一來，大概可以睡得不錯。到了第二天早上，心情應該也會有所改變。

我原本想答應朋友的提議，卻又突然覺得世上居然有人對自己如此溫柔。對方真的存在嗎？

「你在哪裡？」我說。「你真的在嗎？」

一說出口，好像朋友真的不在那裡。假設朋友真的在那裡，我反而會覺得那個地方不存在。朋友位於不存在的地方，所以就連朋友也不存在。

我突然覺得身邊走了很多人，呼吸因此變得困難。其實離開我的只有八年前過世的水穗和一年半前過世的霞。儘管如此，我還是覺得自己遭到許多人拋下，或者該說是遭到所有人拋下。此刻彷彿只有我一個人存活在世界上。彷彿我出門的時候，上天安排只有映入眼簾的範圍才會出現人類行動。當我打電話的時候，朋友只有聲音存在。由於發聲的主體並不存在，因此朋友掛了電話之後就會消失得無影無蹤。錯覺化為暈眩，向我襲來。

不要想。

如同溺水般的暈眩當中，我用力閉上眼睛。追求意義的話，就游泳好了。只要不追求意義，身體自然會找出最舒適的姿勢。

朋友沉默了一會兒，帶給我沉澱腦中小型混亂的時間。

「你還好吧？」朋友終於緩緩地開口。

「我沒事。」我說。「我沒事，什麼問題也沒有。」

「我現在過去一趟吧？」

「別說傻話了。」我說。「你以為現在幾點啊?」

「過了晚上十二點,現在道路正空曠。開高速公路飆過去,三個半小時就會到。相信我的開車技術吧。」

「別說傻話了。」我說。「明天你還要上班吧。」

「所以呢?」朋友說。

所以呢?我想了一下,其實也沒什麼。朋友明天就算請假一天,也沒什麼關係,不會給世上任何人帶來真正的麻煩。儘管如此,我還是沒辦法叫朋友來,朋友大概也不會過來。就算他過來,也已經不是我認識的他了。現在的他是二十八歲的銀行員,因為在陌生的土地生活而有些疲倦,高大的身軀適合穿西裝,誠實又大概有工作能力。

「沒關係,是我不好。」我說。「謝謝你。」

「真可惜。」朋友說。「我都已經穿上大衣,要去拿車鑰匙了。」

我聽完笑了,朋友也笑了。

「我要睡了,突然覺得應該睡得著。」

「你真任性。」朋友笑著說。

「晚安。」

「啊，晚安。」

我們掛斷電話。

改造成賺錢的店。我能做的只有這件事，這同時也是老闆的期待。

但是……

當我看到自家所在的公寓時，停下腳步嘆了一口氣。剛剛我和設計師為了改裝，一起拜訪酒吧。設計師認為酒吧就是要晚上造訪，才會有設計的靈感，於是從傍晚開始討論。原本預定是老闆出席，結果老闆和老闆娘一同出席。老闆娘的狀況不需要說明，一看就知道是病人。無論是臉頰、手臂還是脖子四周，暴露在衣服之外的部分都瘦得令人不忍卒睹。儘管如此，當年的美貌痕跡依舊殘留在她身上。老闆娘說完「聽說店要改造，所以我也來了」之後，露出如同少女般的微笑，默默地聆聽我們的討論。聆聽的途中，她有時候會宛如想要保留記憶一般環視酒吧。應該是因為老闆告訴她之後酒吧會大幅度改變吧。不用刻意詢問理由，她也明白是為了治療自己的病。她的沉默和環視酒吧的行為並沒有責難的意味，可是老闆還是先受到影響。他開口的次數越來越少，最後終於沉默下來。接下來是我也開始受不了，而設計師發現只剩自己在說話時也困惑地沉默。結果我們就在沒有討論出任何結果的情況下解散了。

儘管不想回到只有一個人的家，卻也沒有別的地方可去。雖然想起來還沒吃晚飯，走回車站前的餐廳也很麻煩。結果我放棄晚餐，走進公寓搭電梯到三樓。一走出電梯，我便停下腳步。有一個人身著卡其色大衣，靠在我家大門。

那是霞。我的大腦撇開理性，先認定對方是霞。

對方當然不可能是霞。但是那個人一定是霞。我開口確認，好讓自己接受兩件不可能同時發生的事情。

「紫小姐。」

對方轉身面向我，發現是我之後露出微笑。雖然我開口確認，重複三次人類歷史才可能發生的奇蹟還是讓我陷入混亂。我緩緩地接近對方。

「怎麼了嗎？」

「因為你都不來啊，明明約好還會再來的。」

「才過兩個禮拜。」我笑著說。「人妻哪是可以隨便跑去見的。」

我思索究竟該不該要對方進家門。現在已經過了晚上七點，並不是一個人住的男子邀請人妻進家門的時間。但是對方似乎毫不在意。邀請對方去別的地方聽起來好像我不懷好意，於是我打開門進入屋內。對方跟隨我一同進入屋內。我請她坐在餐桌前的椅子。脫下大衣和夾克，伸手摸向胸口之後，我露出苦笑。

「怎麼了嗎？」她開口問我。

「明明已經不打領帶很久了，我還是會習慣性要解開領帶。」

她笑了之後，脫下大衣。

「我來泡咖啡吧。」

我把她的大衣掛好，開始燒開水，慢慢地泡好咖啡之後端給她。

「好香。」

她把杯子放在鼻子下方搖一搖之後開口。

「我本來以為是即溶咖啡。」

「咦？」

「我聽小霞說的。她在你家喝了即溶咖啡。」

她輕輕地笑了。

「你還記得小霞第一次在你家過夜那一天嗎？」

「記得啊。」

「我們在家裡是用濾紙泡咖啡，公司的咖啡是自動販賣機，沒怎麼泡過即溶咖啡。她不知道多少咖啡粉才算適量，結果讓你喝了很淡的咖啡。小霞是這樣告訴我的。」

「我最近也改用濾紙泡咖啡了。」我說。「大概是因為霞離開之後，我的時間多到不知道該如何打發，於是無意識地把時間分派給很多事情。例如泡澡的時間變長了，刮鬍刀也從電動的改成一般的。」

紫小姐的雙手握住杯子，戴在左手無名指上的戒指碰撞杯子，發出小小的撞擊聲。

「哪一個部分之於你影響比較大呢？」她說。「是活著的時候的小霞，還是現在已經不在的小霞呢？」

霞的存在和霞的不在。雖然我比較過當時的自己和現在的自己，卻還是不明白。對於我而言，兩者的影響都過於巨大。

面對我的沉默，紫小姐點了一下頭，再次開口。

「對我而言，現在的小霞影響比較大。她大學的時候是念什麼呢？選了哪一家錄取她的公司呢？男人向她告白的時候會怎麼做呢？我每次迷惘的時候就會想：如果是小霞，會怎麼做呢？這些選擇其實都沒有正確答案，但是對我而言卻有正確答案。像小霞的作風就表示是我的作風。就算是現在，迷惘的時候我也會突然想：小霞的話會怎麼做呢？可是小霞已經不在了。想到這裡，我就會覺得連自己都一併消失，非常不安。」

很奇怪吧。她低頭望向杯子，淡淡地笑了。

她的視線從杯子往上移。臉上的表情在迷惘不知該如何是好和面無表情之間搖擺之後，又回到原本的淡淡微笑。

「他說要分手。」

「啊。」我說。

「我已經不知道該怎麼辦了。」

她把手放在額頭上，閉上眼睛。

「我想妳不需要急著提出結論。」我說。「霞走了之後，妳的情緒還沒整理好。許多沒有結果的情緒，都還在虛空中飄盪。妳只要等待它們飄落至地面再來思考就好了。」

「你說的也許沒錯。」她點點頭。「但是他等不到那時候，我也已經看不下去了。」

「但是妳愛著他吧？對吧？」我說。

「我愛他。」她說完之後又搖頭。「我現在也已經不知道自己還愛不愛他了。你現在也還愛著小霞嗎？」

「我還愛著喔。」我點點頭。「非常愛她。」

「如果我是小霞的話，你能愛我嗎？就像他懷疑的一樣。假設我不是紫，而是霞；如果七歲的時候，我叫自己霞而不是紫。」

我和她四目相對。她的眼睛和一年半之前筆直凝視我的雙眸一樣。

霞真的愛過你嗎？

惡魔又在我耳邊呢喃。如果答案並非肯定，就沒有理由說她不是霞。如果霞在發生意外的時候，惡魔也在她肩膀上呢喃呢？當霞醒過來的時候，看見尾崎先生站在自己面前的瞬間，惡魔也對她呢喃呢？現在妳可以獲得他的愛。可以獨占渴求已久的他的愛。如果惡魔對她如此呢喃呢？我能完全否定霞不會受到誘惑嗎？

惡魔趁勝繼續呢喃。

霞真的愛過你嗎？真的真的愛過你嗎？是說愛究竟是什麼呢？不過就是在情境下所產生的幻想吧？那時候的淡咖啡並不是因為你前一晚喝多了而刻意調淡，只是因為她不知道正確的分量。結果你以為那是她的細心。你能確定沒有其他誤解嗎？你所謂的愛情不過是建立於反覆的誤解吧？那時候的對話，那時候的吻，那時候交疊的身軀，真的具備你所想的意思嗎？

「別鬧了。」我說。「妳是紫小姐，對吧？」

她直勾勾地看著我，原本想說什麼卻又停下來，浮現淡淡的微笑。

「是啊。」

她只喝了一杯咖啡，拿起放在旁邊的包包。

「我要走了。對不起，沒辦法跟別人商量這件事，所以才來找你。」

「啊，嗯。」

我和她一起起身，把她的大衣交給她，自己也穿上大衣，走向室外。

「送到這裡就好，謝謝你。」

「沒關係，我送妳到車站。」

紫小姐似乎想拒絕，然而原本想開口的她轉為輕笑。

「你每次都這樣做對吧？」

「咦？」

「霞告訴我，每次你都會送她去車站。」

「啊，嗯。」

「我笑說是因為你想把握所有兩人相處的時間，結果小霞用很認真的表情說：大概不是，只是因為你是紳士。」

只是因為你是紳士。

只是因為你是紳士？

「我當初並沒有那個意思。」我說。

轉身背對我之後，她回頭對停下腳步的我開口。

「送我去車站吧，紳士。」

我們一起走向車站。

對於和家人住在一起的霞而言，來我家住應該很不好意思。到了晚上，我們於是像這樣一起走向車站。

你看，那個招牌好奇怪。

啊，這朵花開了。

那個歐巴桑是不是胖了啊？

平常映入眼簾的看板、別家庭院的花或是店員，和霞一起的時候就會改頭換面。日常經過的街道，也會變化成特別的景色。

只是因為你是紳士。

說出這句話的霞又是懷抱何種心思，和我一起走向車站呢？

「哇，好奇怪的臉。」

她跑向剛剛通過的大門說道。本來打算吼叫而跑出來的狗看到筆直前進的她，露出有些困惑的表情仰望我們。

「你長得好奇怪喔。真可愛。」

她的手穿過鐵欄杆，伸手用力撫摸那條狗。霞也很喜歡牠，經常撫摸牠的頭。那條狗那時候也是用像現在一樣困惑的表情看著霞。

啊，是妳啊。

那條狗露出原來如此的表情，避開紫小姐的手，走回位於院子深處的狗屋。

「你真不可愛，這樣還算寵物嗎？」

那條狗擺出一副「我又不是妳的寵物」的表情，攤在狗屋前方睡覺。

「走吧。」

我笑著對她說，又一起邁向車站。快要走到通往車站的古老商店街時，我對她開口。

「霞很喜歡那家中式餐館。」

「啊，擔擔麵嗎？」她說。

「對啊。」

「小霞有跟我提過。」

她在餐館前方停下腳步，從玻璃門窺視店家。想了一會兒之後，拿出手機打電話給某人。什麼也沒說地掛斷電話之後，她向我開口。

「你吃過晚飯了嗎？」

「還沒。」

「要不要進去吃？」

「可以啊，但是尾崎先生呢？」

「我打電話回家，可是他還沒回來的樣子。」

「手機呢？」

「沒關係啦，這種時候他通常已經在吃晚飯了。」

在她的催促之下，我們一起走入那家中式餐館。平常明明更加熱鬧的餐館，今天晚餐時段卻只有兩組客人。餐館老闆對我們說歡迎光臨之後，指向吧臺的位子。

「你們要喝水還是啤酒？」

她回應餐館老闆。

「嗯，給我們一瓶啤酒。」

可以吧？

我點頭回應她彷彿詢問我的眼神。

餐館老闆說好之後，從背後的冰箱拿出並打開瓶裝啤酒。

「然後要點一盤煎餃和兩碗擔擔麵嗎？」餐館老闆詢問我們。

「啊，嗯。」我向餐館老闆點頭之後對她說：「我們每次都點這兩樣。」

「霞跟我說過。」她也點點頭。

餐館老闆聽到我們的對話，露出有些尷尬的表情，手從額頭一路摸上光禿禿的腦袋。

「咦？妳不是平常那位小姐嗎？是我弄錯人了嗎？」

「沒錯。」她笑著回應。「我是平常那位小姐。」

「對嘛，就是之前誇獎我們店裡擔擔麵的小姐嘛。」

餐館老闆的表情放鬆之後繼續說。

「你們之前不是常常一起來嗎？最近都只有男朋友一個人偶爾來。小姐是怎麼了呢？我很擔心呢。畢竟妳男朋友跟妳不一樣，很冷淡對吧？我很膽小，想問也不敢問。」

「我剛剛點了擔擔麵和煎餃吧。」我說。

「妳看。」餐館老闆對她皺起眉頭。「是是是，我現在馬上煮。」餐館老闆轉過身去，開始烹飪。她一邊輕笑一邊往兩個玻璃杯倒入啤酒，我們自然而然地乾杯。

「小霞很幸福呢。」她說。

「我不知道。」我說。「要是她覺得幸福就好。」

「她一定很幸福。」她說。

「謝謝。」我說。

我們一邊喝啤酒一邊吃擔擔麵和煎餃，隨意應付想要趁機加入話題的餐館老闆。這一切彷彿和霞一起共度的時間，彷彿再次體驗過往經歷的時間。

「小姐，下次要再來喔。」

我們要離開的時候，餐館老闆對我們說。她瞥了我一眼後點點頭。

「嗯，我還會再來的。」

我們一起走出餐館，走進商店街。她在我身邊，每走一步就跳一下。走到車站的剪票口時，她停下腳步。

「謝謝你，我現在比較有精神了。」

「因為吃了擔擔麵吧。」我笑了。「霞通常吃了擔擔麵，心情就會變好。」

「因為我們很單純。」她笑了。

好幾個人從站在剪票口前的我們身邊走過。我原本想向對方道別，擁抱她的衝動卻突然向我襲來。衝動伴隨甜美的誘惑。彷彿只要我伸手，就能回到一年半之前。但是我當然不可能這麼做。

「再見。」我壓抑擁抱對方的衝動，如是說道。

「再見。」她說。

「嗯。」

穿過剪票口的時候，她轉身向我揮手。我也向她揮手，目送她走上通往月臺的階梯。簡直就像目送霞一樣。就像目送霞的時候一樣，她等待搭乘方向的電車出站，我則回到公寓。桌上的兩個杯子迎接我的歸來。我坐在椅子上，茫然地眺望兩個杯子。

回憶她走上樓梯的背影、脖子到肩膀熟悉的線條、每一步都像跳躍的走路方式。我剛剛目送的究竟是誰？

肩膀上的惡魔似乎發出竊笑。

我拿起家中電話的話筒。電話響了好幾聲，轉到語音信箱之後，對方才好像改變主意般接起電話。一開始聽到的不是人潮的喧鬧聲，而是吵雜的廣播。在我分辨廣播的內容前，尾崎先生的聲音先傳入耳中。

「紫小姐剛剛來過。」

尾崎先生光憑這句話，似乎就明白概略的狀況。

「啊。」對方的回應聽起來像是嘆息。「對不起。」

「道歉也沒用。」我說。

尾崎先生不知道在哪裡的鬧區，附近似乎有家電量販店。耳邊再度傳來夾雜於混亂人群中的廣播聲，主張今年冬天的獎金應該用來買空調。

「你最好早點回去。」我說。「為了紫小姐，也為了你。」

你在撒謊吧。聽這句話的自己對說這句話的自己吃了一驚。我現在的發言大概不是出自於親切，而是為了安定自己不安的情緒。

我覺得尾崎先生保持沉默是因為看穿我的謊言，於是繼續說下去。

「難道你願意因為一時愚蠢的妄想而失去紫小姐嗎？紫小姐需要你，你也好好接受紫小姐的話，事情就能解決了。」

「我知道。」尾崎先生的聲音毫無表情。「我知道啊。」

「你現在在哪裡？紫小姐三十分鐘之後就會到家，你現在回得去吧？」

尾崎先生似乎佇立在混亂的人群當中。耳邊又再次傳來推銷空調的廣播。他現在正抬頭仰望星空呢？還是低頭俯視柏油路呢？或是茫然地眺望眼前的人潮呢？他下一步究竟打算走向哪裡呢？

「你曾經問過我為什麼是紫對吧？」

尾崎先生沒有回答我的問題，反而問我。

「啊？」

「我們結婚之前，你曾在網球場上問我為什麼是跟紫而非霞小姐結婚。」

「啊，是。」

「那時候我怎麼回答的？」

「你說這種事情不需要理由，是兩人花了很多時間，進行很多次溝通才培育出愛情。」

「啊。」

尾崎先生喃喃自語：我那時候是這樣回答啊。

「那你呢？」

「嗯？」

「為什麼是霞小姐？為什麼非得是霞小姐呢？還是紫也可以？」

「別說傻話了。」我說。

「是啊。」尾崎先生說完之後，突然用毫無表情的聲音笑了。「我真傻。」

真傻。但是我們卻被愚蠢的妄想所束縛。霞和紫小姐究竟哪裡不一樣呢？我究竟愛霞的哪一點呢？尾崎先生又是愛紫小姐的哪一點呢？

「還是要採指紋呢？」

我一邊笑一邊問，就連自己都覺得笑得很刻意。

「至少可以在家裡找到一個紫小姐在發生意外之前留下的清晰指紋吧？要不要拿去和現在紫小姐的指紋比較呢？你在警界沒有認識的人嗎？去拜託警界的人，幫你找來鑑識人員。」

「怎麼可能。」尾崎先生笑了。

尾崎先生的笑聲聽起來也有些刻意。那都是妄想，我們不過是被妄想所吞噬。如果不這麼想，我們就會在重要的時刻走錯路。這些當然只是妄想，他人沒有必要配合。

「怎麼可能呢。」

我也說了之後，一同發出空虛的笑聲。

「還是要把她推進泳池呢？」

我繼續發出空虛的笑聲說。

「如果會游泳，就是霞。」

「如果不會游泳就是紫嗎？」

尾崎先生一開口，我便沉默了。人裝不來會游泳的樣子，但是可以假裝不會游泳。如果是霞的話，就算溺死也會裝出不會游泳的樣子吧。

我嘆了一口氣，不知該望向何處的視線停在桌上的杯子上。於是我回想起握住杯子的纖細手指與手指所帶來的微小聲響。

「戒指。」

我脫口而出一閃而過的想法。

「咦？」

「結婚戒指呢？」我問。

「她那時候戴著戒指嗎？」尾崎先生反問我。

「她那時候戴著戒指嗎？發生意外的時候。發生意外、搬去醫院，尾崎先生去醫院的時候，她手指上戴著戒指嗎？」

如果。聽這句話的我詢問說這句話的我。如果她沒有戴著戒指呢？如果沒有戴戒指，我又該怎麼回答呢？你在期待什麼呢？

「啊，戒指。」尾崎先生說。「對了，戒指。」

「那時候有戴著戒指嗎？」

「她有戴戒指，對了，嗯，她有戴戒指。」

我緩緩吐出不知不覺憋住的呼吸，就連我自己也不明白這究竟是安心還是失望的嘆息。

「那麼一開始就沒弄錯了啊。你到底在迷惘什麼？」

「對，對啊。」尾崎先生自言自語之後，輕輕地笑了。「我到底在迷惘什麼呢？」

說這句話的時候，尾崎先生的聲音又有了表情。

我明白戒指並不是關鍵的原因。例如發生意外之前，霞也許開玩笑戴上紫小姐的婚戒；或是發生意外之後，霞在昏迷之前從失去生命的紫小姐手上摘下戒指，套在自己手上。有心要想的話，什麼可能都有。尾崎先生也明白這點吧？但是我們無視這些可能性。

「你要回家了吧？」

「啊，嗯，我會回去。對了，剛好可以買CD音響回家，紫之前很想要一個可以放在廚房的小音響。」

我想起兩人從網球場回家的車上討論過這件事。

「那個還沒買嗎？」我笑著說。

「啊，嗯，是啊。」尾崎先生也笑了。「那時候我完全忘記，結果那年生日送了別的禮物。之後就再也沒想起這件事。我接下來就去買CD音響回家。啊，我得趕快去買，店好像要關門了。」

背後的廣播聲消失了。我望向床邊的鬧鐘，發現正好九點。那就表示現在應該是九點五分了。

「請加快腳步。」我笑著說。

「那個，」尾崎先生突然嚴肅地問我：「那時候霞小姐在後座睡著了，對吧？」

「嗯？咦？」我說。

「既然如此，記得這件事情就表示她是紫，對吧？」

「你還在想這種事情嗎？」我說。「最好趕快去喔。」

那時候就算霞沒睡著，也不是什麼大問題。所以當下我什麼也沒說。

「啊，嗯，我會再連絡。」

尾崎先生慌張地掛了電話，我也放下話筒。雖然不穩的情緒還沒完全安定下來，但是只要給予應當存在的地點，動搖似乎就會縮小一些。這點只能依靠自己的力量抑制。於是我放了熱一點的洗澡水，緩緩地泡澡。

我會再連絡。

尾崎先生這句話雖然不是謊言，然而下次連絡已經是很久以後的事情了。

4

「妳變了。」我說。「我一直到擦身而過才發現是妳。」

小金井小姐的外表並未改變，化妝和髮型也都沒有改變。但是她和在之前公司的感覺完全不一樣了。

「和比你年紀大的女性講話的時候最好注意一點。」小金井小姐說。「久違之後被說變了，女性多半會不高興。」

「我不是那個意思。」我笑著說。「妳聽了不高興嗎？」

「一點也不會。」

對方扯著嘴角笑的習慣還是沒變。

我和小金井小姐相遇完全是偶然。我搭乘前往地下鐵月臺的下樓電扶梯時和搭乘上樓電扶梯的小金井小姐擦身而過。我們彼此發出了：「啊！」和「啊，是你！」的叫聲。我走回上層，發現小金井小姐在等我。站著聊天就告別很奇怪，然而也沒必要就此特意離開車站。結果我們走進車站內的小咖啡店。

「工作順利嗎？」

據說小金井小姐辭去工作之後，進入販賣進口家具的公司。

「嗯，很順利。」小金井小姐說。「我和兩年前簡直判若兩人。」

上一間公司的事情之於小金井小姐而言已經是過往雲煙。我瞬間判斷腦海中浮現的疑問雖然不該說出口，但是小金井小姐已經發覺了。

「長內先生。」小金井小姐宛如在呢喃。「好像吃了很多苦頭。」

「你們見過面嗎？」

「之前他曾經連絡我，那時候見過一次。」

面對我的視線，小金井小姐搖搖頭。

「當然是談工作。」

「啊，當然是談工作。」我點點頭。「然後呢？」

「我們公司有一家北歐家具公司在日本的代理權，他希望能和我們合作宣傳。對我們來說沒什麼甜頭，所以我就拒絕了。」

我想起之前看到的長內課長。小金井小姐看到的大概也是差不多的樣子吧。我不知道該如何開口詢問長內課長的近況，於是提出這樣的問題：

「他還是課長嗎？」

「不是。」小金井小姐搖搖頭。「現在好像沒有任何頭銜。」

小金井小姐禮貌性地露出哀傷的神色，表情卻沒有太大的變化。對我而言如此，對小金井小姐而言也是如此。那間公司已經是過去的地點了。

「你呢？」

小金井小姐的口氣變得開朗。

「我之前聽長內先生說才知道我辭了之後不久你也辭了。我覺得對你有些責任。」

「我不是因為妳離開而辭的喔。」我說。

「我的工作很順利。和之前的公司相比，薪水高得不可思議。」

「話說回來，我邀請同事去了之前長內先生說的那家西麻布的店喔。」

從邀請公司同事一點看來，小金井小姐果然變了。她在之前的公司絕不可能做這種事。

「謝謝大家捧場。」我說。「覺得怎樣呢？」

「很有你的風格。」

「很有我的風格？」我笑著說。「什麼叫很有我的風格？可以告訴我嗎？」

「拋棄浪漫的浪漫主義者所設計的店的意思。」

「妳是在誇獎我嗎？」

小金井小姐沒有回答，只是悠然地望著我開口。

「我想你休息一下比較好。」

「妳要是知道我現在的工作，一定會嚇一跳喔。」我笑著說。「幾乎一半以上的工作時間都在休息。」

「我不是這個意思。」小金井小姐說完之後，想了一會兒。「你需要擺脫身分的時間，有些事物是要等擺脫身分的時候才會出現。不。」

小金井小姐想了一會兒，然後搖搖頭。

「你聽不懂我在說什麼吧。我也搞不懂自己在說什麼了。只是那家店，你所企畫的那家店給我這種感覺。」

「是。」

「我是你上司的話，應該會給你及格的分數吧。但是我個人不會想再去第二次。我已經不是你的上司，所以是出於個人的忠告。」

小金井小姐扯了一下嘴角。

「你休息一陣子吧。」

我們彼此都還有工作，並沒有許多時間。結果我們沒有約定下次見面的時間，就在咖啡店的門口道別。小金井小姐乾脆地向我揮揮手，筆直走出剪票口。我目送她挺直的背脊離開，前往新宿。新宿有我企畫的第四家店，我要去確認經營狀態。

「一切都很順利。」年近五十的店老闆說。

就連確認營業額的推移，都能證明店老闆所言不虛。依照這個速度，投資金額應該會比預定提早回收。

「我繼承的時候還想這家店可能不行了。」

店老闆說完之後，滿意地環視店內。今天明亮乾淨的店面也擠滿了客人，年輕的工作人員正忙碌地站著工作。

這裡原本是他父親經營的西餐店。不是什麼會上雜誌的店，比較像是推出西式餐點的套餐店。便宜的價格與容易入口的味道擄獲許多客人。然而過於便宜的價格無法帶來利益，就連他兒子都懷疑父親是怎麼依靠這家店賺取經營的費用與生活費。金額雖然不多，父親也的確向他借過幾次錢。他原本打算父親過世的同時賣掉這家店，諷刺的是原先上班的公司也在同時倒閉。就在他苦惱於究竟應當賣掉店鋪以獲取現金還是乾脆繼承店鋪時，他找上了我，也因為我的企畫風險小而決定繼承。

「看來沒什麼問題。」我確認帳簿和廚房之後說道。

「是，我真的非常感謝您。」店老闆說。「我一個人絕對無法做到這個地步。」

我一邊心想的確如此，一邊曖昧地笑了。說是店老闆，其實幾乎不用做事。如果是更加厲害的公司，他能拿到的報酬大概不到現在的一半；或是店鋪根本被搶走，換新來的店長經營。這家公司是建立於野毛先生的興趣之上，所以我才可能和店老闆簽訂目前的契約。

「只是有時候我會懷念起父親經營時的店鋪。例如去廚房的時候，不是會聞到油臭味嗎？這時候我就會突然想起當時的情景。」

店老闆稍微抬起頭來，做出嗅聞的動作，彷彿真的非常懷念般地瞇起眼睛。

「要是您希望的話，我也可以把店鋪恢復成原本的樣子。」

我凝視店老闆說。

「只要回收了投資的資金，什麼時候都可以改回來。」

「不不不，怎麼可能。」店老闆恢復意識，有些慌亂地說。「我真的很感謝你們公司。」

看到店主阿諛的笑容，我發現自己說得太過分了。剛剛的發言不過是遷怒。我想道歉卻找不到道歉的理由，只好懷抱苦澀的自我厭惡，趕緊離開那家店。

我回到公司，凝視電腦螢幕。螢幕呈現澀谷的酒吧改裝之後的示意圖。就算我想加點東西，也不知道該加什麼好。拚死命也好，亂來也好，只要開始了就必須要有目標，至少我必須決定目標的方向。我靠在椅背上，仰望天花板。

你休息一陣子吧。

我想起小金井小姐的忠告。我們沒有約定下次見面的時候，所以這應該是她對我最後的忠告了吧。想到這裡，我開始覺得休息也不是個壞主意。雖然並未疲倦到一定得休息，但是照這樣工作下去也不會有進展。既然如此，不如改變心情。除了澀谷這家店之外，現在並沒有急迫的工作需要我處理。

我挺起背脊，望向打工男孩。他今天也坐在桌前，熱心地畫些什麼。

「我有事要跟你說。」

我一開口，他便抬起頭來，露出可惜的表情點點頭。

「我被開除了嗎？」

「不是。」我笑著說。

「啊，是喔？因為都沒事做，我還以為你是要開除我。」

他摸摸頭髮笑了。

「要是這種理由的話，僱用你的第二天就開除你了。」

「話這麼說也沒錯。」

他笑著放下鉛筆，走向我的桌子。

「我要休息個兩、三天，幫我看家。這是辦公室的鑰匙，我會去跟社長說明。」

「是。你是要去哪裡旅行嗎？」

對方這麼一說，我也覺得是不錯的提議。

「是和女朋友嗎？」對方賊賊地笑了。

「這個提議也不錯。」我也賊賊地笑。「下次幫我介紹女朋友吧。」

「你沒有女朋友嗎？」

他的笑容變了調，呈現些許同情與優越感。

「你想被開除嗎？」我說。

「哇，饒了我吧。」他慌張地說。「下次我會幫你介紹女朋友。」

「那就拜託你了。」我說完之後起身。

「啊，是。你喜歡什麼樣類型的呢？條件太多的話，我就沒辦法了。畢竟我沒有那麼多女生的朋友。」

「不是那個意思。」我笑著說。「看家就拜託你了。」

「啊，看家嗎？是，就交給我吧。」

我把鑰匙交給他，把必要的東西從桌上收進公事包。我靈機一動，突然開口問他。

「你用我編了什麼樣的故事？」

「啊？」他望向我。

「你只要遇到人就會編故事吧？看到我的時候難道沒想嗎？」

「啊，嗯。」他抓抓頭。「我是編了。」

「是什麼樣的故事？」

他眼珠往上瞟，瞄了我一眼。

「聽了不可以開除我喔。」

「我聽了之後再決定。」

「這樣我沒辦法講。」

「那我現在就開除你。」

「我就知道。」

他抓抓頭又說：真是敗給你了。

「我編了一個算命師的故事。」

「喔。」我說。

「有一個算命很準的算命師，可是他其實不是會算命，只是知道將來會發生什麼事情。他也知道今後自己身上會發生哪些事情，所以他不過是依照早就知道的人生道路走下去而已，也知道自己無聊到想死卻死不掉。是這樣的故事。」

他到底是看了我哪裡，想出這種故事的呢？我實在完全無法想像。

「感覺起來不太適合畫成漫畫。」我說。

「是啊。」

「那個故事，該怎麼說呢？會讓讀者覺得幸福嗎？」

「所有故事都有帶給讀者救贖的部分。」他說。

「這篇故事是哪裡能帶給讀者救贖呢？」

「這個嘛」他說完之後，稍微歪歪頭。「我接下來會想出來。」

「你想到了，記得告訴我。」

我往上走三層，抵達野毛先生的公司。眼前的光景和我初次拜訪時沒有太大的改變。幾十名員工坐在隔板之間的桌子前方，敲打鍵盤。這種行為居然能製造出幾百億的金錢，我突然覺得非常不可思議。不過如果這種行為可以產出金錢以外的結果，我大概會覺得更不可思議吧。

我制止了一名想要起身招呼我的員工，穿過樓層，敲了敲樓層後方野毛先生專用辦公室的門。我等待野毛先生的回應後開門，發現對方正在講電話。我和野毛先生以眼神打過招呼之後，自行往金屬椅子坐下。現在辦公室裡放置開會用的長桌子和幾張金屬椅子，取代目前放在我公司的待客用沙發和茶几。

野毛先生說是為了避免客人久留。因此現在連咖啡都不倒了。

辦公室還是一樣空無一物。沒有值得一讀的獎狀，沒有值得一看的觀葉植物，沒有值得欣賞的美女祕書。如果連咖啡都不倒，野毛先生又不開口的話，客人大概連五秒都待不住吧。

我只好一邊看自己的指甲，一邊發呆等待。野毛先生終於掛了電話，一邊小聲地自言自語，一邊隔著桌子坐在我對面。

「出了什麼問題嗎？」我說。

「什麼問題也沒有。」野毛先生不高興地開口。「只是世界變得越來越爛而已。世界變得越來越爛，所以我們公司就越賺越多，結果稅務局非常高興。不過如此而已。」

「我向您致哀。」我對野毛先生點頭致意。

「謝謝您。」野毛先生也朝我點頭致意，表情終於放鬆下來。「你找我有什麼事？」

「嗯，從明天開始，我想請幾天假。」

「請假？」

「希望您能讓我請特休。」

「無論特休與否，你自己高興就好。」野毛先生說完之後，突然露出嚴肅的表情。「你家裡有人過世了嗎？」

「咦？」我反問野毛先生。

「你父親、母親還是兄弟姊妹過世了嗎？啊，你有兄弟姊妹嗎？」

「我沒有兄弟姊妹，雙親也很健康。」我說。「為什麼您會這樣問呢？」

「因為你說要請假，難道還有其他什麼原因嗎？」

「難道您不覺得可能是和女朋友去旅行之類的嗎？」

「那麼你是要和女朋友去旅行嗎？」

「不，我不是要和女朋友去旅行。」

「你看吧。」

野毛先生桌上的電話響了。他無視於電話鈴聲，還先拿出西裝口袋裡的手機，關閉電源。我凝視他把手機如同滑行般放到桌上後開口。

「野毛先生要不要偶爾也休個假呢？反正您的財產多到一輩子都

用不完吧？去南國小島享受假期也不錯啊。」

去南國小島享受假期嗎？野毛先生低語之後，又伸出手臂拿起剛剛放到桌上的手機。他啪地打開手機，又啪地蓋上手機。

「我雖然討厭這個世界，但是也只能活在這個世界。」

野毛先生反覆開闔手機說。

「我只有這件事情不想敷衍。」

我沒想過對方會如此認真回答，稍微嚇了一跳。野毛先生也許比我想像得更加疲倦。

「真是辛苦的人生。」我說。

野毛先生最後啪地蓋上手機，無聲地笑了。

「嗯，辛苦又幸福的人生喔。你有意見嗎？」

「沒有。」我說。

「我對你請假也沒意見，你就好好休息個夠吧。」

我從第二天，也就是星期三起休三天假。加上周末，一共是五天假。休息五天應該不會影響工作。

「那麼你要做什麼呢？」野毛先生問我。

「這五天之內，我會好好想一想。」我回答。

我本來以為想了就會有點子，結果什麼也想不到。

第一天吃完簡單的早餐之後，無奈地前往泳池。平日上午的泳池比我想像得更加擁擠。可能大家都失戀了。俯視眾人，所有人的行動彷彿某種復健。大家各自在心裡設定目標，不斷重複不自然又痛苦的動作。我也加入眾人的行列，一起默默地游泳。我希望能盡量輕鬆地游泳，但是就連自己也發覺越想動作越是僵硬。腳的節奏和手的節奏開始搭不起來，腦海中也浮現不出任何音樂。好不容易游到泳池牆邊時，我停止動作站住。

「游泳實在很難啊。」

對方似乎是休息的時候觀察了我的泳姿。隔壁水道一名年約六十的男子向我搭話。

「可能是適合與否的問題吧。我已經練習了很久，卻一點進步也沒有。明明我身上有這麼多脂肪。」

對方說完，摸摸自己的肚子。

「再過一陣子，一定會進步的。」我說。

「不這麼想，游不下去啊。」他說。

雖然游得一點也不順，我還是勉強游到中午才離開泳池。在車站前的餐廳吃完午餐，正好才一點。我前往電影院，觀賞時間搭得上的電影。這次的電影是幾乎沒預算的動作片。殺死壞人的英雄在螢幕上對我得意地一笑。

「要我告訴你活下去最好的方法嗎？」他說。

我心想：嗯，請務必告訴我。

「那就是不要死。」他說。

我在心裡向主人翁吐槽：難怪我覺得戲院很空曠，原來是你害的。

離開電影院的時候，也才剛過三點。我去書店買食譜，在咖啡店一邊閱讀一邊作筆記，之後在超市一手拿著筆記購買食材。回家之後，我小口小口喝著啤酒，盡量挑戰費工夫的料理。吃完飯，洗完碗之後是晚上九點。我緩緩地泡澡，看了一會兒電視新聞，為自己終於耗去一天而安心之後入睡。

我第二天又去泳池，也和昨天一樣勉強地游泳，去和昨天一樣的餐廳吃午飯。吃完午飯的時候，想起和昨天吃的午餐一樣時，我嘆了一口氣。這種日子的話，不用當預知未來的算命師也能預測明天自己的未來。我沒心情再去看電影，改成去百貨公司買了幾件店員推薦的冬季衣物。之後去樓上的家飾用品區逛逛，但是找不到之前和霞一起買的香爐。本來想找來店員，問香爐放在哪裡。不過想想自己問到之後也不會買，就離開百貨公司了。這時候才剛過兩點。我提著購物袋，隨意走進映入眼簾的美容院。為我服務的是和我差不多年紀的女性設計師，臉上有一顆圓滾滾的痣。

「您今天想要什麼服務呢？」她問。

「我想換個髮型。」

「什麼樣的髮型呢？」

「希望盡量看起來像變了一個人。」

「這是不可能的。」她一邊抓抓臉上的痣，一邊笑著說。「人沒辦法光靠髮型看起來像變了一個人喔。」

儘管如此，她還是利用把髮鬢兩側剃高，塑造了讓我氣氛改變很大的髮型。

「您覺得如何呢？」她看著鏡子問我。

「妳說的沒錯。」我點點頭。「的確沒辦法光靠髮型就變了一個人。」

她笑了之後告訴我關於整理髮型的幾點注意事項。當我從椅子上起身時，她開口問我：「你失戀了嗎？」

「嗯，差不多是這麼一回事。」我點點頭。

「接下來一定會發生好事的。」她安慰我。

「不這麼想，日子過不下去啊。」我說。

然後我又去超市，又一邊小口小口喝啤酒，一邊挑戰和昨天不一樣的料理，泡澡，看電視新聞才終於耗掉第二天。

第三天早上起床之後，我一邊咬著昨天買來的麵包，一邊思考如何打發一天。可能是因為連續兩天都游得很糟，身體莫名地沉重，沒心情繼續去泳池。洗完用過的餐具之後，就沒有其他事情該做了。我去陽臺晒棉被，結果五分鐘就結束了。仔細地刷牙，仔細地刮鬍子，結果十五分鐘就結束了。拿出吸塵機開始打掃房子，結果也是二十分鐘就結束了。幾乎還未打發的一天露出有些抱歉的表情，掛在我面前。

「沒關係，不是你的錯。」

我說完之後，環視家中。

「接下來。」我對自己低語。

接下來。

我本想乾脆取消休假、回去上班，不過一想到會被野毛先生取笑便放棄了。

人有時候也需要擺脫身分的時間。

我想起小金井小姐的忠告。

有些事物是要等擺脫身分的時候才會出現。

擺脫身分的我就是連五天休假都不知該如何是好的無聊人類吧。

你真的很不會利用時間。

霞經常這麼說我。

不做事就不安心嗎？

每逢假日就想看電影、購物或是外出用餐的我在霞的眼裡似乎非常忙碌。

那是冬天的時候，我們剛開始交往沒多久。霞把抱枕拿到玻璃窗前，拍拍抱枕。

「過來這邊。」

霞說完之後，把抱枕當枕頭，躺在地板上。我也走到霞的身邊，學她一起躺在地上。

「啊。」我說。

「怎麼了？」霞問我。

「我看到天空。」

「當然啦。」霞發出咯咯的笑聲。「你家雖然採光不好，可是也不是完全照不到太陽。如果沒有天空，哪來的陽光啊。」

「話是這麼說沒錯。」我說。「不過還是有點嚇一跳。」

「你真是個怪人。」霞又發出咯咯的笑聲。

然後我們一邊閒聊，一邊眺望由藍轉紅，由紅轉黑的天空。

我和那時候一樣，把抱枕拿到玻璃窗前，試著躺下。晒在陽臺的棉被後方是和那天一樣蔚藍的天空。但是我一個人躺不到十分鐘就起來了。

我放棄之後起身，打開衣櫥。有一件白色的春季洋裝和我秋冬的衣物掛在一起。霞總是在我家放一套衣服，好方便她來過夜。角落的紙袋裡應該有她的內衣。

現在還給紫也很奇怪，我也知道自己不會穿這些衣服。所以現在已經不需要了。怎麼想都是不需要了。

「嗯，我不需要。」我一個人點頭。

我拿起洋裝和紙袋，但是果然還是丟不掉。想丟的話，什麼時候都能丟。

結果我又把霞的衣服放回衣櫃。接下來是走到書架前，拿出霞讀到一半的文庫和夾在裡面的明信片。但是仔細想想，也沒礙事到一定要丟掉。我把明信片夾回書裡，再次放回書架上。那時我突然注意到那封信。那是秋月先生寄來的信。我並不是丟不掉，而是根本忘記要丟掉。我隨意拿起信來讀了之後，回想起來的並不是秋月先生和水穗，反而是霞。

那算是我和霞的約定嗎？

我望向鬧鐘，離九點半還有五分鐘。

「我去喝杯咖啡吧。」

我自言自語，再度打開衣櫥。換上牛仔褲和毛衣，把晒在陽臺上的棉被拿進來。

我到店門口的時候，看到身著白色襯衫和長褲的老闆正把「聖母瑪利亞號」的招牌放到門口。面對在店門口停下腳步的我，老闆投以疑問的視線。

「店開了嗎？」我指著咖啡店說。

「啊，剛剛開門。」

我跟隨老闆走進店內。面對空無一人的咖啡店，老闆張開雙手，彷彿告訴我哪個位子都可以坐。我最後坐在窗邊的位子。

最後一次造訪這家店是和小金井小姐一起來，那時候這個位子坐了不認識的情侶。我突然想到那兩個人現在怎麼了呢？應該已經畢業了吧？還在繼續交往嗎？

老闆端水過來。

「請給我一杯咖啡。」

老闆收回原本要拿給我的菜單，走回吧臺。過了一會兒，傳來主唱歌聲靜謐的爵士樂。甜蜜的沙啞嗓音，唱出緩慢的旋律。這首曲子一點也不適合早上十點的氣氛。我正前方的牆壁上懸掛裝框的古老航海地圖。

「好久不見。」

老闆的招呼聲讓我的視線轉移到吧臺。我原本不覺得對方是向我搭話，但是仔細想想店內也沒有其他客人。老闆一邊裝設虹吸咖啡機一邊看我。

「咦？」

「你念書的時候常來吧？」

「您居然還記得。」

「那是幾年前的事情呢？」

「七、八年前吧。」

已經那麼久了嗎？老闆低語之後笑了。

「你已經長這麼大了。」

「兩年前我也來過一次。」

「啊，那時候你有帶人來，所以我就沒跟你打招呼了。」

「您真是讓我大吃一驚。」我沒想到老闆居然連我帶小金井小姐來都還記得，不禁大吃一驚。「我沒想到您居然會發現。」

「常客的話，我大概都記得。」

我一說完，老闆便噗哧一笑，朝我揮揮手。

「真是太厲害了。」

「騙你的啦。」

老闆又繼續一邊笑一邊說。

「一年到頭都有長相和打扮相似的學生來到這裡又畢業，就算是常客也不可能每一個都記起來吧？」

「嗯，您說得的確沒錯。」我露出苦笑。「但是您卻記得我。」

「是啊。」

「這難道是偶然嗎？」

「對，偶然。」老闆點點頭。「你剛好是人選。」

「人選？」

「我每年會從常客當中選一個人記得，只要是常客就可以。你剛好是那年的人選。所以每次你來店裡的時候，我就會格外留心。」

我回想過往，不覺得自己有如此受過老闆的注目。

「為什麼要做這種事呢？」

老闆一邊以溫水熱杯子，一邊安靜地思考了一會兒之後開口。

「假設你現在有件非常無聊又一定得做的事情。」

「是。」

「那麼你會怎麼做？」

「我會去做吧，既然是一定得做的事情。」

「對，我也會去做。但是久了之後會厭倦，所以會思考別的遊戲。可以一邊做那件事情一邊玩的遊戲。」

「所謂的遊戲是指記人嗎？」

「開始之後，我發現意外地有趣。記了幾年之後，人選當中總會有人突然再度造訪，就像現在的你一樣。對方發現我記得的時候，都會非常驚訝。」

「就像現在的我一樣。」

「對，就像現在的你一樣。然後喝完一杯咖啡，給我一千塊之後一邊說不用找了，一邊很開心地離開。」

「這點好像跟我不太一樣。」

「那真是可惜。」

老闆一邊倒掉熱杯子的水，把泡好的咖啡倒進杯子裡一邊問我要不要坐過去吧臺。我起身移動到吧臺前的椅子。

「你現在在做什麼？上班嗎？」

「嗯，是啊。」我點點頭。

「那今天放假嗎？」

「嗯，是啊。」我點點頭。

我拿起杯子，老闆也一起喝了一口咖啡。這個時候曲子變成和剛剛完全不同的慵懶聲音，開始吟唱有點悲傷平緩的旋律。

「對了，有個女孩子常常跟你來吧。你們常常兩個人一起坐在剛剛的位子。」

老闆突然想起來似地開口，望向我剛剛坐的位子。

「那個女生現在呢？」

「她走了。」

「走了？」

老闆的表情變得沉重。

「那是很久以前的事了。那時候她還是學生。」

「自殺嗎？」

「意外，交通意外。」

「原來如此。」

老闆說完之後，瞇起雙眼，彷彿在尋找記憶。

「那孩子雖然有點冷淡，但笑起來的樣子很爽朗，對吧？」

「是啊。」我點點頭。「雖然有點冷淡，但笑起來的樣子很爽朗。」

還有呢？

我為了想起水穗，也一起轉頭看那個位子。但是我卻無法順利想起來當初應該是坐在那裡對我微笑和生氣的水穗。

「啊，」老闆開口。「不好意思，打擾到你。」

「咦？」

我把視線轉移回吧臺，反問老闆。

「你是來懷念她的吧？既然如此，就回到那個座位慢慢喝咖啡吧。」

「不是這麼一回事喔。」我說。

我不是來懷念水穗，只是來見水穗。來到這裡也不是為了水穗，而是為了霞。或者也不是為了霞，而是為了我自己。霞當初對我說哪天一定要去見水穗一趟，我告訴她想去就會去。雖然這算不上約定，然而一回想起來卻讓我覺得是不得不執行的義務。

但是，看來這一切果然還是浪費時間。秋月水穗。明明她曾經存在於這個世界上，明明她曾經坐在我面前，現在卻是缺乏現實感的存在。就算我從現在開始回溯過往，也不覺得能夠回溯到她。雖然有點冷淡，笑容卻很爽朗的女孩子。我所能回想起的水穗跟不過是很久以前曾經為我們倒過幾次咖啡的人一樣。與其說是回憶，不如說像現在創造的一種印象。

我們之後陷入沉默，一起啜飲咖啡。我還是第一次在這家店純粹地欣賞音樂。開始聆聽慵懶的聲音，發現是一首敘說對方不懂愛情的歌曲。歌聲可以說是在責備對方不懂愛情，也是為了自己懂得愛情而悲傷。

「這首歌真討人厭。」我說。

「是嗎？」

老闆露出空虛的眼神，暫時聆聽這首歌曲。

「不過我很喜歡，對了，那個女孩也很喜歡。」

啊，所以我才會想起來。老闆一個人喃喃自語，似乎發現自己回想起來的理由。

「咦？」

「你剛剛不是說那個女孩是死於交通意外嗎？」

「水穗嗎？」

「我不知道她叫什麼名字，但是我想應該就是她，偶爾會一個人來到這裡。」

「一個人來嗎？」

老闆似乎有點驚訝我不知道這件事。

「雖然不是經常，不過她偶爾會來。應該是來聽音樂的吧。我記得她喜歡這首歌。她應該是一個人坐在那個位子上，等你來店裡會合。

有時候的確是和你會合，不過有時候似乎只是一個人喝咖啡、聽音樂，好像每次都是聽完這首歌離開。所以她來的時候，我也會特意播放這首歌。」

老闆似乎在尋找回憶而望向那個座位，不過又搖搖頭。

「但是可能也不是這麼一回事，畢竟已經是很久以前的事了。可能是我記錯，也可能是我想太多。」

我再度轉頭望向那個位子，嘗試回想水穗在喧囂的咖啡店裡獨自一人越過喧囂，聆聽音樂的身影。但還是無法順利回想起她的模樣。我轉回身來，一邊喝咖啡一邊漠然地思考那時候的水穗在責備我嗎？還是在責備自己呢？或是為了自己而悲傷呢？

主唱所吟唱的旋律改由小號持續之後，曲子告一段落。

我望向店內的時鐘，加上八小時。如果不在那裡久留，今天之內應該可以回家。

「我要走了。」

「休息一下再走吧。」老闆一臉抱歉地說。「是我說太多了。啊，還是我去外面一趟呢？有客人來，叫他們回去就好。」

「不，我真的得走了。」我從錢包拿出一千塊。「不用找了。」

「果然。」老闆笑了。「不知道為什麼，大家都會這麼做。」

不過是四小時的移動，空氣不僅改變了溫度也改變了顏色。蔚藍的天空搭配遠處紅葉已經消失的山陵，呈現強烈的對比。我下車之後，巴士司機獨自一人規矩地前往下一個車站。我朝向公車站牌前方的墓園走去。原本抱持去了可能會想起來的微弱期待，結果還是想不起墓碑的位置。站在廣大墓園的地圖前方，我無可奈何地拿出手機。秋月先生似乎因為我突然的來電而大吃一驚。

「我還以為你不會來了，真是謝謝你。」

秋月先生道謝之後，我湧上一股尷尬。我來造訪是為了完成和霞的約定，不僅不是為了秋月先生，也不是為了水穗。

我一邊看墓園的地圖，一邊向秋月先生確認水穗墓地的位置。

「你聽懂了嗎？」

秋月先生流露不安的聲音，擔心自己笨拙的說明。

「要是你願意等我二十分鐘，我可以到墓園帶你去。」

「沒關係，我想我應該知道。」

我掛掉電話，在墓園中開始跨步。

墓園中幾乎不見人影。好幾個墓碑流露「無論有沒有人來，我們要做的事情都一樣」的冷淡表情，並排站立於墓園中。水穗的墳墓也以相同的表情迎接我。秋月先生大概常常來掃墓吧。雖然秋月家的墳墓老舊，卻比周遭的墳墓乾淨。我提來水，插上在車站前買來的鮮花。雙手合十，安靜默禱。等我睜開眼睛，就想不出來其他還有什麼事好做。就此回家便喪失我特地來訪的意義，於是我坐在墓碑前方，把墓碑當作水穗，思索該對水穗說什麼。但是這座墓碑已經立了多久呢？秋月家代代祖先所安息的墓地，比我年長許多。我很難把墓碑想像成水穗的樣子，反而像是和冷淡的老婆婆第一次對坐。我開始在腦海中想像水穗的樣子，卻無法順利回想。腦中雖然浮現好幾幕當初和水穗一起的影像，主角的身影卻意外模糊。我越是勉強回憶水穗的樣子，越像是我自行創造的影像。

我放棄回想，開始想像水穗現在的樣子。如果她還活著，現在在做什麼呢？她和我應該不會交往很久。現在回想起來，我們當初的關係其實很脆弱。她和我分手，大學畢業之後應該會成為像小金井小姐一樣的女強人吧。也有可能克服當初的笨拙，成為非常聰明的粉領族。也許某一天，我們在某處突然相遇，那時候會說些什麼呢？

我開始嘗試想像。

在公司附近的人行道，或是在鬧區的人潮當中，我們突然相遇了。我應該在差幾步就擦身而過的地方發現水穗。水穗會比我早，還是比我晚注意到呢？我應該會毫不猶豫地停下腳步，向水穗打招呼吧。水穗無論變成什麼樣子，應該還是維持和當年相同的兇惡視線，沉默地大步走向我，撞了我一下之後又露出和當年一樣爽朗的笑容吧。接下來我們會說什麼呢？自己的近況？還是回憶呢？雖然我們聊了很多，但是我想問的大概只有一件事。對，結果我會這麼問她吧？

我望向墓碑。

「在妳眼中，現在的我究竟是什麼樣子呢？」

我原本是開玩笑地低語，結果卻湧上一股衝動。突如其來的激烈衝動讓我大吃一驚。我不明白衝動的意義，只是拚命忍耐。

這股衝動究竟是什麼？

我用力咬緊嘴脣，停止呼吸，利用腦中所剩不多的冷靜思考。

這股衝動究竟是什麼？

我不是來哀悼水穗的死，我只是為了水穗現在不在這裡而難過。

我好想見水穗。就算水穗變成一點女人味也沒有的典型女強人；就算水穗變成習慣團體生活，毫無特色的粉領族；就算水穗和別人結婚，生了一堆小孩，變成隨處可見的媽媽，我還是很想看看現在的水穗。永遠失去這個機會讓我非常悲傷。

湧現這種心情也沒關係喔。

我的確聽見對方的聲音。

我明白，你愛過水穗。

我最後輸給心中的衝動。只要一放鬆，眼淚便無法抑止地汩汩流下。水穗過世之後，我第一次為身為水穗戀人的自己而哭。我第一次接納可憐自己的愚蠢。

我腦海中鮮明地浮現最後遇到水穗那天，她臉上所露出的笑容。第一次見面的時候，她不高興到近乎兇惡的表情。在我身邊呼呼大睡如同孩子的睡臉。夏天的煙火所照亮的側面。所有的水穗與我和水穗共度的時間，都令人無比憐愛。

我哭了多久呢？一下子任憑感情支配，一下子自嘲自己的愚蠢，有時又客觀地觀察愚蠢的自己。儘管如此，我依舊在水穗墓前哭了很久。

冰冷的風吹動我的頭髮和墓前供奉的花朵。我終於停止哭泣，抬起頭來。

「謝謝。」

我起身之後，傾身親吻墓碑。

「我要走了。」

水穗沒有任何回應。

「再見。」

我轉身背對水穗。

墓園出口的巴士站前方，停了一輛藍色的輕量卡車。我朝駕駛座的人鞠躬，對方發現我之後也走下駕駛座，朝我鞠躬，低下參雜白髮的頭顱。

「謝謝你。」秋月先生說。

「不，我應該早點來的。」我說完之後又鞠躬。「對不起。」

「不用在意這種事。」

秋月先生走近我，抱住我的肩膀。

「我送你去車站，還是——」

秋月先生凝視我的臉，溫柔地瞇起雙眼。

「你暫時想獨處。」

大概我臉上還留有淚痕。我笑著搖搖頭。

「不用，麻煩您送我到車站。」

我搭上秋月先生的輕量卡車，兩人沉默地前往車站。輕量卡車發出聲響，行走在寬廣的道路上，兩旁是今年已經耕種完畢的農田。我試著在窗外寂寥的田園景色中放入水穗的身影。

小學時和同學一同奔跑嬉戲的水穗。

「那是我最幸福的時候，還當上了班級幹部。你相信我是班級幹部嗎？」

國中時早上為了社團練習而騎腳踏車奔馳的水穗。

「那時候我進了排球社，發現自己不適合團體活動也是那時候吧。」

高中時和大一歲的學長並肩走路而微笑的水穗。

「那時候我收到學長寄給我的情書，結果第三次約會的時候他突然想親我，我給他一拳之後就沒連絡了。」

秋月先生在空蕩蕩的電車站前巴士站停下卡車。

我把手放在門上，思索該對秋月先生說什麼。但是我的腦袋卻一片空白，不管說什麼都覺得空虛。

「只有一次。」

我想到該說什麼之前，秋月先生先開口了。我的目光移向秋月先生，對方則是凝視擋風玻璃對面空蕩蕩的剪票口。他也許是在注視從那裡走出來的水穗。

「只有一次，我聽水穗說起你。那是暑假回來的時候。我那時候開玩笑說她去東京一個人住了之後，該不會帶男人回家了吧。結果水穗就說起了你。我聽了當然很生氣，但是她說話的樣子實在太開心，我想生氣也氣不起來。結果一不小心說那真是太好了，真是少根筋的爸爸。」

嗯，那算是少根筋。秋月先生說完之後笑了。

「好險我沒罵她。現在想想，水穗短暫的人生當中還好有過你。」

他感嘆的語氣刺痛了我。

「秋月先生，我——」

面對說到一半的我，秋月先生搖搖頭。

「水穗已經死了。無論你多麼難過，事情都不會改變。總有一天你會忘了水穗。不過那也沒關係。但是我希望你回想起水穗的時候，不要懷疑你們之間曾經存在的愛情。你和水穗曾經相愛。就算你們的愛情很幼稚，還是曾經相愛過。對吧？」

「是。」我點點頭。「的確如此。」

秋月先生又溫柔地瞇起雙眼。

「我曾經想跟你吵架。」

「啊？」

「我曾經想在過年放假的時候跑去水穗在東京租的房子，然後把你叫出來，好好說教一番。所以我還問水穗你會不會空手道、拳擊還是摔角。記得水穗那時候好像露出不可思議的表情。」

秋月先生笑了，我也笑了。

「改天再來讓我看看。」

「是，我會的。」

秋月先生遲疑了一會兒，害羞地伸出手。我握住他的手。

「我果然是少根筋的爸爸。」秋月先生笑了。

5

雖然並非受到一般社會年底繁忙的影響，我卻意外地沒有時間趕在年底之前完成簡單的改裝圖。我幾乎每天都和設計師碰面，交換彼此的意見與修正圖面。

那天我也是和設計師兩個人一起面對修改後的圖面，提出意見。野毛先生在下午三點左右突然來到。我對野毛先生行注目禮之後，又繼續和設計師交換意見。野毛先生走近我們，視線落在眼前的圖面。他聽了一會兒我和設計師的對話之後，趁停頓的時候插嘴。

「這是之前說的那家店嗎？」

「是。」

「圖面和之前預想的情況差很多啊。」

「我稍微修正了一下概念，把平均消費單價降低一些。」

野毛先生看了看我，視線又回到圖面上。光憑這張圖，應該就能明白改變並非一點點或是再一點點而已。設計師發覺我和野毛先生之間淡淡的緊張氣氛，不知所措地看著我。

「我們休息一下吧。」我說。「你去喝杯咖啡吧。」

設計師走出辦公室。

「你也去喝杯咖啡。」野毛先生指示打工男孩。

他看著我，一副只要我願意就會幫忙的表情。我看著他的臉，忍不住笑了。

「照野毛先生的話做。」我對他說。

他露出有些不情願的表情，拿起紙筆，離開辦公室。野毛先生嘆口氣，走到窗邊，眺望並列於海埔新生地上的大樓。我走到他身邊，背對窗戶，靠在窗框上。我們一同沉默了一會兒。

「喂，這家公司之於我是興趣。」野毛先生終於開口。「你不需要賺大錢，就算公司赤字也無所謂。但是啊。」

野毛先生接下來不知如何開口地看著我。

「我知道你的意思。」我點點頭。「這次的做法太正常了。不是這家公司的做法。」

「對，就是這個意思。」野毛先生點點頭。

「那個呢。」我看著放置圖面的桌面說：「我知道這不是您要求的做法，但是可以請您就通融這一次嗎？」

野毛先生又望向窗外，嘆了一口氣之後，把視線移回我身上。

「沒有就通融這一次喔。」

我和野毛先生四目相對。

「你不懂嗎？第一家店是偶然成功。第二家店是基於很大部分的偶然和一點第一家的成績而成功。第三家店和第四家店是因為很大部分的實力和一點點偶然而成功的。接下來的店鋪怎麼做都會成功。只要是你設計的，就會產生幻想，吸引人群。但是你只要這麼做一次，就會消滅你本身的引力。這次你想這麼做也沒關係，但是這麼做就沒有下次了。儘管如此。」

野毛先生本來還要繼續說下去。不過他似乎發現了真相，說了聲啊之後點點頭。

「原來如此。你是打算辭職嗎？」

「是。」我點點頭。

「原來如此。」野毛先生點點頭。「嗯，也差不多是時候了。」

野毛先生說：你這一年來做得很好。

「不好意思，我擅作主張。」

「沒關係，當初是那離開的傢伙肆意想保存這裡，聽從那傢伙的要求而成立公司也是我肆意的決定，接受我的邀請也是你肆意的決定。這家公司原本就是建立於大家的肆意，所以結束的時候也就憑藉某人的肆意吧。不過是結束的時候剛好肆意的是你而已。」

「半年可能有點困難，但是給我一年的時間就能讓這家公司上軌道，之後您也就不需多加費心了。」

野毛先生笑著說：不用了。

「這家公司是因為有你才成立。既然你要辭職，我就把公司收起來。我要是告訴店家接下來不再收取顧問費的話，相信大家都會開心地放棄契約吧。反正現在暫時還能持續一陣子，那些傢伙等到出問題的時候又會開始動腦筋吧。」

我轉過身來，和野毛先生一起眺望窗外。眼前是建立於海埔新生地的高樓，看起來像是勇敢的開拓，也像是貪心的繁殖。

「結果還是賠錢吧。」

「應該是。」野毛先生說。「再投資一年應該可以回收投資的部分，但是公司本身還是赤字。畢竟人事費用太高了。」

「您接下來可以調降我的薪水。」

「笨蛋，我在開玩笑啦。」野毛先生笑了。「和這裡的房租相較之下，你的薪水不過是零頭。」

我笑著說：零頭嗎？不過應該就像野毛先生說的一樣吧。

「這裡接下來要怎麼辦？」

「就改成我專用的辦公室吧。畢竟還有好睡的沙發。」

野毛先生笑了。也許是我想太多，不過他的側面看起來有些寂寞。

我思索野毛先生的公司和他的公司所操控的龐大金額。公司與金錢應該會隨著時間流逝而成為支持他的力量吧。我並不明白究竟是時間的流逝會構成人的本質呢？還是本質在時間流逝之後支持人呢？

「對了，最後你就放手去做吧。好好享受。」

野毛先生說完之後，回到樓上的辦公室。

「你沒事吧？」

打工男孩回到辦公室，向獨自眺望窗外的我搭話。他才離開辦公室十分鐘。他是打算我和野毛先生吵架的話，要為我們調停吧。

「沒事啦。」我說。

打工男孩一邊說沒事就好，一邊回到自己的位子。桌上的紙張畫了設計師的臉龐。

「你這樣會被發現的。」我笑著說。

「可是我畫得很棒吧？」

「不是那個問題。」我說。「沒有人看到自己被畫成鮟鱇魚會開心的。」

「可是他長得很像深海魚吧？」

「是很像深海魚。」我點點頭。

「啊，對了。」

我正要回到放置圖面的桌面時，打工男孩對我開口。

「我想到故事的後續了。」

「什麼故事？」

「算命師的。」

「啊，你說那個故事。後來怎麼了？」

「算命師談戀愛了，陷入無法預測的戀情。因為戀愛，算命師放棄了原本預知的未來。算命師覺得很可怕，畢竟這是他第一次體驗無法預測的未來。他雖然因此第一次傷害人和遭受傷害，最後戀情還是有了完美的結局。」

面對有些得意地發表結局的打工男孩，我思索了一會兒。

「很普通的故事呢。」

他馬上露出失去自信的表情。

「可能有點普通。」但是我說：「不過我並不討厭這種故事。」

「真的嗎？」

「你畫的話，應該會是很有趣的故事。」

「是嗎。」

他掩飾不住心中的喜悅而笑了。

我經常造訪位於澀谷的那家酒吧，和老闆進行詳細的討論；也拜訪好幾次老闆家，對老闆娘說明計畫。老闆娘雖然說不需要聽取自己的意見，應該還是非常深愛酒吧。只要我一一說明，就能從她的表情判斷是贊成或反對。我根據老闆娘的意見，再和老闆與設計師交換意見，總算是在年底完成新酒吧的藍圖。

對方打電話給我的時候，我已經和老闆討論完畢，一個人吃完晚飯，站在回家路上的月臺。看到手機螢幕所出現的號碼，我無法分辨是尾崎先生還是紫小姐。接起電話的我並不期待是特定的一方打給我。

「馬上過來。」

傳進耳中的是紫小姐的聲音。聽起來似乎在哭泣。她的哭法似乎不是因為發生了什麼值得悲傷的事情，而是因為不知所措。

「怎麼了嗎？」我說。

「馬上過來。」紫小姐又說了一次。「求求你。」

我搭乘和回家反方向的電車，前往尾崎先生家。

我下車的時候，月臺上的時鐘顯示快要十點。看來似乎是要回家的上班族和我一同穿越剪票口。聳立於車站前方的公寓，就像最後一根沒吹熄的蠟燭。我走進那棟公寓。

自動門一副「又是你嗎」的表情迎接我。我無視於它的存在，在對講機按下尾崎先生家的號碼。對講機毫無回應，自動門露出「怎麼可以這樣」的表情打開門。我搭乘電梯前往頂樓，站在尾崎先生家門前。我按下對講機時，有人打開了門。

「不好意思，突然打奇怪的電話給你。」

電話裡聽起來像是哭到泣不成聲，但是她現在卻打開玄關門，微笑迎接我。

「沒事就好。」我稍微放下心來。

正當我想問怎麼了的時候，突然語塞。紫小姐身上穿的是藍色的毛衣和白色的緊身褲。這是那天霞自己脫下的衣物。紫小姐和霞畢竟是雙胞胎，體型當然一樣。紫小姐接收霞的衣物也沒什麼奇怪。但是我瞬間無語的狀況似乎讓她發現我已經注意到這件事情。

就算是雙胞胎姊妹，會告訴對方第一次和男人上床那天所穿的服裝嗎？儘管我如此認為，卻無法保證霞一定不會說。也許她是在聊天時無意提到，或是這種細節之於兩人的對話是有意義的。然而假設霞告訴紫小姐這件事，我無法判斷紫小姐以這身服裝迎接我的用意。

我警告自己是想太多了。這應該只是偶然。

「發生什麼事了嗎？」我重新開口詢問紫小姐。

她微微轉頭看向我，彷彿招呼我進屋之後便背對我前進。我脫下鞋子，跟隨她進入客廳。尾崎先生似乎不在家，天花板的燈具並未點亮。寬廣的客廳中放了一張大桌子。只有桌子上方懸掛的燈泡在桌上形成圓形的亮點，照亮桌子的木紋。

在她的催促之下，我脫下外套，縱向摺疊之後掛在椅子上坐下。她也隨之坐在我對面。

「尾崎先生呢？」我問道。「他還在公司嗎？」

她搖搖頭。

「他不會回來了。」

「咦？」

「他走了。看來他已經受不了了。」

她說完之後，垂下眼睛。

「前一陣子，他買了ＣＤ音響回來。我不知道他為什麼要買ＣＤ音響。那麼久以前的事情，我早就忘了。他說了之後我才回想起來，但是他不願意相信我。」

「啊。」我點點頭。

原來是這麼一回事。

她把手肘架在桌上，抱住頭。

「時間會解決一切的。」

我一邊心想等一下要連絡尾崎先生，一邊開口。只要我清楚說明霞那時候沒睡著和沒睡著的理由，相信尾崎先生應該能夠理解。本來尾崎先生本人也忘了這件事，應該不能責備紫小姐。

「一個人靜下來冷靜想想，就會明白是陷入了多麼誇張的妄想。剩下來的問題就只有妳要怎麼迎接尾崎先生回來吧。」

「他不會回來。」她說。「他不會回來了。」

「一個人沒有那麼多地方可以逗留，他能回來的只有這裡了。」

她搖搖頭。

「這裡不是他的家。他就是這樣想才走的。」

「簡而言之，」我嘆了一口氣。「你們倆的愛情已經冷卻了嗎？」

「不是。不是那麼一回事。」

她說完之後看著我。燈泡光圈的另一側隱約浮現她的輪廓。肩膀上的惡魔翩翩而降，在她臉上露出原形。我產生非常不好的預感。結果她接下來的發言實現了我的預感。

「我不是紫。」

我在腦子裡確認這句話的意思。

我不是紫。

我不是紫？

「那麼，妳是……」

霞已經死了。燒成灰，在沉重的石頭下安眠。但是原本不可能移動的石頭突然滑動，從石頭底下冒出手來。我想逃走，但是也想看清楚石頭底下究竟是什麼。

我開始呼吸困難。

「妳是，霞嗎？」

我努力擠出嘶啞的聲音。

希望眼前是霞的思緒和相反的思緒在我心中交錯，兩者交會處上則是不可能發生這種事的確信和就算如此也不奇怪的疑惑形成漩渦。

「也不是霞。」

她露出淡淡的微笑。

「那妳究竟是……」

「意外之後，我在醫院醒來。那時候我誰也不是。直到愛我的人在我面前出現，叫我紫。從那天起，我就是紫了。但是如果那天出現在我面前的是你來叫我霞，我大概就是霞了。所以請你告訴我，我究竟是誰？」

「怎麼可能不知道？又不是喪失記憶。」

「我有記憶啊。有愛他的記憶，也有愛你的記憶。有他愛我的記憶，也有你愛我的記憶。」

「怎麼可能發生這種事。」

「我說的都是真的。我有跟他上床的記憶，也有跟你上床的記憶。我想，大概是死去的那一方把記憶託付給倖存的那一方。所以我才會搞不清楚，擁有雙方記憶的我究竟是誰呢？」

「太愚蠢了。」我說。

「我知道。」她回應我。「我知道非常愚蠢，但是如果真是如此也沒辦法不是嗎？」

她站起身，脫下毛衣。她毫不在意驚訝的我，繼續脫下白色的緊身褲。

「看我。」

她命令移開視線的我。我重新注視她，發現原本隔著桌子，站在光圈對面的她現在站在黑暗中。我看過她身上那套淡粉紅色的內衣。

「你知道這套內衣吧？那天霞穿的就是這套內衣。這種事情只有本人會知道吧？」

「也許是霞告訴妳的。」

我只凝視她的雙眼說話。

「就算她沒有告訴妳，妳也可能偶然發現這件事。畢竟妳們那時候住在一起，也是有這種可能。」

「是啊，說不定是這樣。」

她說。

「但是反過來說，被愛的記憶雖然是別人的，但是強烈的渴望讓人覺得那是自己的記憶。足以成為證據的細節，也許只是聽來的。」

究竟是自己記得的記憶，還是聽來的記憶，就連本人都分不清楚。

那麼，她究竟是誰呢？

「你說過並不在乎我是霞還是紫，我就是我對吧。」

她說完之後，安靜地移動。繞行桌子，離開光圈的她消失在黑暗中。我凝視無人的桌子對面。也許是因為害怕望向黑暗。她究竟是誰？愛她的又是誰？不，我愛過的究竟是誰？霞嗎？霞的話，霞又是誰呢？

「出生的時候，父母為我們命名。七歲的時候，我們為自己命名。

從意外醒來時，我所愛的人為我命名。」

黑暗中傳來她的聲音。

「現在你願意幫我命名嗎？」

她一絲不掛地從黑暗中出現。

「我是霞嗎？還是紫呢？」

我注視就在身邊的裸體，發現她的胸部、側腹和大腿都殘留當時意外所造成的可怕傷痕。這些傷痕不屬於霞，也不屬於紫。

我心中出現一股誘惑：如果我說她是霞，霞便就此復生。有人似乎在問我：這麼做有什麼問題嗎？反正她說已經和尾崎先生分手了。既然如此，我這麼做不會造成任何人的損失。只要我不抱持懷疑的態度，一定可以跟復活的霞處得很好。回到一年半之前，重新開始。因為我愛過霞，打從心底深愛過她。

我想所謂的實體根本不曾存在。既然如此，以前是霞或是紫，又有什麼差別呢？

我思索和霞在一起的三年後、五年後、十年後和五十年後。尾崎先生能夠忍受嗎？但是我相信我能跨越這些時間。接下來只要輕輕摘下她目前身上唯一配戴的飾品——左手無名指上的戒指和親吻她身上所有的傷痕就好了。

我從椅子上站了起來，掛在椅子上的大衣口袋突然掉出一樣東西。看了之後發現是插了牙籤的橡實。我平常根本不會用胸前的口袋裝東西，應該是酒吧老闆放進去之後就再也沒動過。

她以求救的眼神凝視起身的我。我蹲下去，撿起掉落的橡實。

「我愛過霞。」

我一邊撫摸光滑的橡實表面，一邊呢喃。我也不明白為何自己會說出那種話，只是單純地相信這句話。我愛過霞，霞愛過我。

「那就為我命名。」

她對我說。我在桌上旋轉橡實陀螺。她看了看橡實陀螺，又把視線拉回我身上。我緩緩地把右手伸向她的左手，她的手指勾住我的手指。我把左手放在她的肩膀上，稍微拉過來之後親了她的額頭。

「妳累了吧。稍微睡一下比較好。」

面對抗議般抬起頭的她，我報以微笑。其實我很想哭。她強烈直率的眼神就和當時一樣，至少我無法區別是誰的眼神。

「晚安。」

我說完之後，左手離開她的肩膀，放開她纏繞的手指。

「紫小姐。」

橡實陀螺停了下來，發出乾燥的聲音倒下。我拿起外套，走向屋外。

我回到自己的公寓，沖了非常熱的熱水澡之後，鑽進被子，什麼也不想。閉上眼睛之後發覺似乎有人在附近，於是我又張開了眼睛。起身環視家中，當然沒有其他人的身影。我望向枕邊的鬧鐘，發現是十一點五十五分。這個世界已經在迎接明天了。落後世界的五分鐘靜謐地包圍我。我再度躺回床上，閉上眼睛。在遮蔽一切的黑暗當中，懷念霞和水穗。一天之中的兩百八十八分之一的時間用在這種事情上也沒關係吧。我做如是想。

之後，過了很久之後，我和尾崎先生見過一面。他露出和第一次見面的時候一樣開朗的笑容。她大概也寄了相同的明信片給尾崎先生。她在寄出明信片的第二天，和我們不認識的某人一起共度人生第二次的蜜月旅行。但是尾崎先生完全沒有提到這件事，所以我也什麼都沒說。

「愛情真是悲慘的東西啊。」

尾崎先生在道別的時候說。

「最近我終於明白。雖然悲慘到厭惡和愚蠢到可笑，我卻因為愛情而覺得有些得救。」

他有些害羞地說完之後，微微一笑。他現在的笑容面前大概是另一個我不認識的人吧。他的笑容讓我覺得如此。儘管尚未實現，但是我們總有一天還會再見面吧。那時候我們應該會討論關於她的事情。

我現在每到一天最後的五分鐘就會想念霞和水穗，還有那時候自己的心情。這段時間為我的心靈帶來安靜與平穩。只有一天的兩百八十八分之一，我會悄悄地躲進那份安靜與平穩當中，任憑自己沉浸在心中湧現的情緒。我接下來也還會失去很多事物吧。但是我會在一天的片段中繼續收集失去的事物，而片段終有一天會化為結晶，構成我這個人。我是如此覺得。至於剩下來的兩百八十八分之兩百八十七，我會用於現在的自己，用於現在我所愛的人。

藍小說 201

深夜前的五分鐘 side-B

作者—本多孝好
譯者—陳令嫻
主編—李國祥
編輯—施怡年
董事長
總經理—趙政岷
總編輯—李采洪
出版者—時報文化出版企業股份有限公司
10803台北市和平西路三段二四〇號三樓
發行專線—（〇二）二三〇六—六八四二
讀者服務專線—〇八〇〇—二三一—七〇五
（〇二）二三〇四—七一〇三
讀者服務傳真—（〇二）二三〇四—六八五八
郵撥—一九三四四七二四時報文化出版公司
信箱—臺北郵政七九～九九信箱
時報悅讀網—http://www.readingtimes.com.tw
電子郵箱—genre@readingtimes.com.tw
法律顧問—理律法律事務所　陳長文律師、李念祖律師
印刷—勁達印刷股份有限公司
初版一刷—二〇一四年六月十三日
定價—新臺幣二二〇元
行政院新聞局局版北市業字第八〇號

國家圖書館出版品預行編目（CIP）資料

深夜前的五分鐘 side-B / 本多孝好著；陳令嫻譯 -- 初版. -- 臺北市：時報文化, 2014.06
面；　公分--（藍小說；201）
譯自：真夜中の五分前 side-B
ISBN 978-957-13-5991-5（平裝）

861.57　　103010026

ISBN 978-957-13-5991-5
Printed in Taiwan